真の仲間じゃないと勇者のパーティーを追い出されたので、辺境でスローライフすることにしました8

Banished from the brave man's group, I decided to lead a slow life in the back country.8

ざっぽん

illust.やすも

CONTENTS

Illustration：やすも
Design Work：伸童舎

小さな妖精。密林でヴァンと出会い、恋をして押しかけ同然にパーティーに加わった。自分勝手で人間に興味もないが、ヴァンだけは別。
リュブ枢機卿
聖方教会の最高幹部である枢機卿の１人。身長２メートルを軽く超える大男。勇者ヴァンの後見人となり野心を燃やす。
ヴァン・オブ・フランベルク
もう１人の『勇者』。魔王軍に故国を滅ぼされた亡国の王子。誰よりも強い正義と信仰を持った、神と加護を肯定する『勇者』。

「だって今日、暑いんだもん」

エスカラータ・ディアス（エスタ）
仮面を被った謎の傭兵。
その強さと経験を買われて
勇者ヴァンのサポートとして雇われた。色々と苦労人。
ラベンダ

真の仲間じゃないと勇者のパーティーを追い出されたので、辺境でスローライフすることにしました8

ざっぽん

角川スニーカー文庫

22615

Illustration：やすも
Design Work：伸童舎

CHARACTER

レッド
(ギデオン・ラグナソン)

勇者パーティーを追い出されたので、辺境でスローライフをすることに。数多くの武功をあげており、ルーティを除けば人類最強クラスの剣士。

リット
(リーズレット・オブ・ロガーヴィア)

ロガーヴィア公国のお姫様にして、元英雄的冒険者。そして今はレッドと一緒の休暇旅行に心躍らせる幸せ一杯なツン期の終わった元ツンデレ。

ルーティ・ラグナソン

人類最強の加護『勇者』をその身に宿すレッドの妹。加護の衝動から解放され、ゾルタンで薬草農家と冒険者を兼業し、楽しく暮らしている。

ティセ・ガーランド

『アサシン』の加護を持つ少女。暗殺者ギルドの精鋭暗殺者だが、今は休業してルーティと一緒に薬草農家を開業中。

ヤランドララ

植物を操る『木の歌い手』のハイエルフ。好奇心旺盛で、彼女の長い人生は数え切れない冒険で彩られている。

ダナン・ラボー

療養生活を終えて張り切る人類最強の『武闘家』。スローライフという概念が理解できない生粋の脳筋。

アルベール・リーランド

『ザ・チャンピオン』の加護を持ち、ゾルタンの英雄だった男。エスカラータの従者として行動している。現在はレッド達へ『勇者』ヴァンのことを伝えるため、エスカラータと別れ一足先にゾルタンへと向かっている。

プロローグ

神はかく語り給《たま》う

ゾルタン共和国。

アヴァロニア王国東の国境から街道を通って東へ東へと進み、前人未踏の大山脈〝世界の果ての壁〟と嵐と大型モンスターの巣である南洋に挟まれたどん詰まり。

神が戦いを肯定し、戦争の絶えないこの世界で、戦略的価値の無いゾルタンは大きな戦いに巻き込まれることもなく平和だった。

この国が『勇者』の物語において、どういう役割を担っていたかというと……追放された王妃ミスフィア・オブ・ヴェロニアが隠れ住んでいる土地。

それだけの役割だった。

ヴェロニアの王宮。

王座の間にて、勇者ルーティは王太后レオノール・オブ・ヴェロニアとヴェロニア王となったウズクと対面していた。

「いくら勇者様といえど、王座の間に帯剣して押し入るなど許されることではありませんよ」

真っ赤なルビーの指輪をはめたレオノール王太后の指がルーティ達を指差した。

老いた身体を宝石で着飾り顔を歪《ゆが》める悪女の姿は伝説の魔女のようだ。

王座に座るウズク王はニヤニヤと笑みを浮かべている。

周りに立つヴェロニアの騎士達は剣を抜き、殺気立った目でルーティ達を睨《にら》みつけていた。

その殺気に『賢者』アレスと『アサシン』ティセはわずかにたじろぎ、『ウェポンマスター』キッファ王子は２人をかばうように盾を構えた。

『木の歌い手』ヤランドララは騎士に目を向けることなく王座に座るウズクと傍らのレオノールを睨みつけている。

ギデオンを失ってから、ヤランドララの魔王軍に対する憎悪はどのような状況でも衰えることがないほど激しいものだった。

「レオノール王太后。貴女《あなた》の間違いを正しに来ました」

勇者ルーティはどんな状況でも変わらない赤い瞳《ひとみ》でレオノールを見据え言った。

もちろんレオノールは激昂《げっこう》して喚《わめ》き散らす。それでもルーティの目は変わらない。

その時、背後の扉が音を立てて開け放たれた。

「黙れレオノール」

鋭い声と共に兵士を伴い入ってきたのは壮年のサリウス王子、眼帯をしたハイエルフのリリンララ将軍、そして。

「お、お姉様!? 死んだはずじゃ!!」

ルーティ達が飛空艇を使って連れてきたミスフィアが立っていた。

「ふん、この日のために生きながらえて来たのよ」

「この日ですって!?」

「あなたの悪行を終わらせる日よ！ 『勇者』よ、今こそ真実を明らかに！」

ルーティは懐から古びた銀鏡を取り出した。

「ララエルの鏡よ、秘められし邪悪を照らし出せ！」

ルーティは鏡をウズク王へ向ける。

「あっ!!」

それまで余裕を持って笑っていたウズク王が鏡を見るなり慌てて顔を隠した。

だが遅い。

鏡に映ったのは、角をはやしたデーモンの姿だ。

「ぐ、ぐわあああ!!!」

ウズク王の身体が泡立ち、膨れ上がり、ネジ曲がった角を持ったデーモンへと姿を変えた。

「コントラクトデーモン!!」

デーモンの正体を見たアレスが叫んだ。

契約の悪魔、それがウズク王の正体。

「ひ、ひいい!?」

悲鳴を上げたのはレオノールだ。

自分の一人息子であるはずのウズク王がデーモンに変化したのを見て、レオノールは卒倒した。

「おのれ勇者！　よくも私の正体を!!」

「コントラクトデーモン！　あなたはレオノール王太后を騙《だま》しヴェロニア王国を乗っ取るつもりだったのね！」

「騙したとは心外だな。私はただその女の願いを叶《かな》えてやっただけだ、私の中にウズク王の魂はちゃんと残されている。指一本動かせない身ではあるがね」

コントラクトデーモンはそう言って笑い、それから勇者を睨みつけた。

「だがそれも貴様のせいで台無しだ、契約の悪魔としてこれほどの屈辱はない！　四天王にも匹敵すると言われた私の怒りを思い知るがいい！」

「来るよ！　ミスフィアさんは下がって！」

ルーティは降魔《ごうま》の聖剣を構え、仲間達が陣形を組む。

ほとばしる魔力によって生まれた炎をまとい、コントラクトデーモンは勇者達へ襲いかかってきた。

＊　　＊　　＊

激しい戦いだった。

勇者ルーティは剣を納めると、レオノールのもとへと近づく。

レオノールは倒れたまま泣いていた。

「レオノール王太后」

「……はい」

「悪魔は去りました」

「ありがとう、私は国を滅ぼした愚妃にはならなかったのですね」

「あなたはこれからヴェロニアの法によって裁かれます」

「おそらく絞首刑でしょうね、受け入れましょう。私はそれだけの罪を犯した……愛する息子を殺してしまったのだから」

ルーティは悲しそうな顔をした。

「私のような愚か者のために勇者は悲しんでくれるのね」

「あなたは悪事を悔いています」

「……野望に取り憑《つ》かれ愛する者を失ってしまった。勇者ルーティ、どうか私の物語を皆にお伝え下さい、これが人類を裏切った者の末路だと」

「レオノール王太后……」

「それとこれを」

　レオノールはルーティに鍵《かぎ》を手渡す。

「これは？」

「先王が暗黒大陸より奪った魔王の船ウェンディダートの操縦キーです。船には暗黒大陸へ渡る航海地図もあります」

「!!」

「飛空艇では、魔王の作り出した嵐を越えることはできません。ですがウェンディダートで進めば暗黒大陸へたどり着けるはずです」

「……ありがとうございますレオノール王太后」

「勇者よ、どうか世界を救ってくださ……い!!」

　次の瞬間、レオノールは腰に佩《は》かれていた細身の剣を抜き、勇者の胸に突き立てた。

　血を吹き出した勇者は表情を変えず、そして世界が色を失い静止する。

　老いたレオノールの身体は死んだ時と同じ少女の姿へと変わり、弱々しかった目は炎のような活力を宿す目へと戻った。

「これを見せて何が言いたいのです。これが正しい人生だったと、そういう意味なのかしら？」

レオノールが空を見上げれば、そこには無尽光の輝きがある。

光の中に何かがいるが、人間の目でそれを見ることはかなわない。

「デミス」

レオノールは自分の目が光で焼かれていくのを感じながら、それでも至高神を睨みつけ叫んだ。

ヴェロニア王宮は消え去り、そこにあるのは1本の道。

そこにレオノールは1人で立ち、神と相対していた。

その輝きは見る者に畏敬《いけい》の念を抱かせる。

膝《ひざ》を突き、額を地面に押し当て、従属したいという感情を引き起こす。

「デーモンに騙され、勇者に救われ、改心して心穏やかに処刑されるのが私の人生だったと、それが幸せな最期だったと、そう仰《おっしゃ》りたいのですか？　無駄です。私は私の人生になんら悔いはありません」

だがレオノールは屈しない。

世界に抗《あらが》い続けたその精神力は、神を前にしても折れることはない。

「無駄な時間ですわ。私には救いも慈悲も必要ありません、汚らわしいとすら思っています。虫けらに転生させるなり地獄にでも落とすなり好きにするがいいわ」

レオノールはそう言い放った。

次の瞬間。

「私の愛する子よ」

デミスが言葉を発した。

レオノールの両耳が破れ血がほとばしった。

それはすべての人類が同時に叫んでも届かないほど。

デミスの声は人間が直接聞くにはあまりにも力強かった。

しかし鼓膜がやぶれても、神の声はレオノールへはっきりと届いた。

目を血走らせ、歯を食いしばって耐えながら、それでもレオノールは膝を屈しない。

デミスは言葉を続けた。

「愛《いと》しき我が子よ、あなたは道を誤った」

「いいえ、私は何も間違えなかった。悔いはないと言ったでしょう」

「愚かな子よ、無為な旅を続ける子よ、それでも私はあなたを愛しています」

神の声はどこまでも慈愛に満ちていた。

だが、レオノールは冷笑を浮かべる。

「私を愛してくださるのね、さすが神様お優しいこと。でも私はあなたを愛さない」

レオノールの意志は挫《くじ》けない。

神と相対していることで、存在が燃え尽きようとも、自分の生き方を曲げたりはしない。

思う存分悪女として生きたことを否定することは、レオノールがレオノールでなくなるということだ。

デミスが見せた、レオノールと名乗るあの弱々しく勇者にすがっていた存在を受け入れるくらいなら地獄で永遠の責め苦を味わうほうがマシだと、そうレオノールは思っていた。

「いいえ」

神は否定する。

一体何をとレオノールは考えた。

レオノールは自分の歩いている1本の道を見て、ふと疑問が浮かぶ。

「デミス、1つだけ質問に答えてくださるかしら……この道はどこまで行けば分かれるの？」

レオノールの目が見通せる限り、そこにあるのはただ1本の道だ。

地獄があるというのなら、どこかで道が分かれなければならない。

「レオノール、賢《さか》しい子よ。あなたの考えていることは正しい」

「……まさか」

「我が子らがどう生きようが、その道は変わりません」

「地獄なんてものは存在しないのですね」

「この道であなたは1匹のアナグマに転生します。それもまた決められていたことです」

「それでは、人の人生とはなんの意味があるのかしら。善行も悪行も、あなたの加護に従ってきた人々が生きてきた意味は一体どこにあるというの」

「いいえ、我が子よ。人々の命は無駄ではありません。私は我が子すべてを救いたいのです。愛しています我が子よ、心から愛しています」

レオノールの形が崩れていく。

意思も記憶もない、純粋な魂へと還《かえ》っていく。

それでもレオノールは残った知性でこの瞬間の出来事を考察し続けていた。

やがて。

「だから『勇者』なのね」

レオノールは1つの答えにたどり着いた。

「祝福します我が子よ。あなたが『勇者』として生まれていれば、きっと救いがあったことでしょう。それだけが残念でなりません。いつかあなたが『勇者』となり私の許《もと》へとたどり着いた時また語らいましょう」

レオノールにはもはや口も、発する言葉も、知性すら残されていない。

少しずつ魂の形を失っていきながら、最後の瞬間まで神を睨《にら》み続けていた。

「さようなら、愛する子よ。あなたに寄り添う加護と共に、私はいつでもあなたを愛しています」

デミスは果てしなく広がる世界を見渡す。

そこには数限りない流れ続ける魂。

その中に１つ、特別な魂がある。

だが魂は神の求める輝きとは違う光を放っている。

思い通りにならないものだと神は憂いた。

だから、『勇者』が道を外れてしまった時、神は少しだけ世界に触れることにしたのだった。

もう１つの魂が育ち輝いているのを見て、デミスは善しと微笑んだ。

*　*　*

神の愛はアヴァロニア王国南部にある修道院へと注がれた。

その修道院では、１人の少年が祭壇の前にひざまずき静かに祈りを捧《ささ》げている。

魔王軍によって故国を失い、家族を殺され、天涯孤独の身となった亡国の王子。

フランベルク王の末子、ヴァン・オブ・フランベルクはそれでも憎悪に囚《とら》われることなく、心静かに祈っていた。

（デミス様、どうか僕の献身をお受け取りください。僕の在り方はデミス様の御心《みこころ》のままに）

祈りとは要求するのではなく捧げるものだ。

そうヴァンに教えた修道士の言葉を座右の銘とし、ヴァンは神に何の見返りを求めることもなく、ただ神の教えに従う己の人生を捧げ続けた。

だから奇跡が起こったのだろう。

ある日ヴァンは『勇者』となっていた。

加護は神から与えられるもの、文字通りの加護なのだ。

だからヴァンは驚きこそしたが迷わなかった。

在り方はデミス様の御心のままに。

『勇者』として在るべく、ヴァンは行動を開始する。

まずは教会に『勇者』として認められること。

聖地ラストウォール大聖砦《だいせいじょう》を目指し、ヴァンは修道院を旅立った。

『勇者』ヴァンの冒険が始まった。

第一章 スローライフを伝えよう

町のはずれ、俺とリットは並んで木々の間を歩いている。

春の柔らかな日差しが木の葉の間から差し込み、花の香りのする風が吹いた。

心地よさに微笑むリットを見て、俺も思わず頬が緩んだ。

平和な時間だ。


「リンゴたくさん採れたね！」

リットが嬉《うれ》しそうに言った。

リットが両手で抱えている籠《かご》には、森で集めたブラウリンゴが入っている。

リンゴは通常、秋から冬にかけて実がなるものだが、ブラウリンゴは春に実をつける。

実のところリンゴに見た目と味がよく似ているだけで、植物としては全く別種なのだが、季節外れのこの赤い果実を見つけた昔の人は、「食いしん坊の妖精《ようせい》ブラウニーが冬の間にリンゴがならないようリンゴの木を騙《だま》した」のだと考え、ブラウリンゴという名を付けたのだ。

味はリンゴより少し甘く、そのまま食べたり、ジャムにしたり、リンゴ酒にしたり、ゾルタン下町では春の食べ物として親しまれている。

「ロガーヴィアにはブラウリンゴはなかったから楽しみ！」

リットは籠の中のブラウリンゴを覗《のぞ》き込んで笑う。

これは期待に応《こた》えられる料理を作らねば……ブラウリンゴを使った料理を頭の中で思い浮かべる。

リンゴパイ、リンゴのポタージュ、リンゴソースで食べる肉料理もありか。

*　　*　　*

建国以来初めての戦争を終えたゾルタンは本来の退屈な辺境という立場を取り戻していた。

戦争直後は商人達の交易船が頻繁に港へ現れていたが、それも落ち着き今ではいつもの定期船くらいしか来ない。

戦勝にうわついた市民達も、春となって仕事が増えてくるとうわつきを忘れて、面倒くさそうに働いたりサボったりしている。

今も手つかずの畑を前に、座ってプカプカと煙草《たばこ》を吸っている男が見えた。

　今日のところは畑まで来たから作業は終わり、明日から本気を出そうというところか。

　俺は煙草を吸わないが、ああして幸せそうに吸っているのを見ると少しだけ興味が湧く。

　が……俺は隣のリットを見た。

「あの人サボってる、ゾルタンらしいね」

　リットはそう言ってうんうんと頷《うなず》いている。

　リットと一緒に暮らしていること、そしていずれ俺達の子供が生まれることを考えれば、やはり俺が煙草を吸うことはないな。

「俺はここにリットがいてくれれば幸せだから」

「きゅ、急にどうしたの」

　リットは驚いて照れている。

「レッドはたまに突然変なことを言うんだから……私もレッドがいてくれれば幸せだけど」

　首のバンダナでニヤける口元を隠しリットは俺にそう言い返す。

　ゾルタンには平和で幸せな時間が流れていた。

*　　*　　*

　翌日。

俺はブラウリンゴのジャムを詰めた瓶を持って、ルーティの薬草農園へと向かっていた。

「レッド兄ちゃん！」

「タンタ」

ハーフエルフの少年タンタは、大きなカバンを肩から下げて俺に手を振っている。

あれは大工道具か？

「おはようレッド兄ちゃん！」

「おはよう、これからゴンズのところへ行くのか？」

タンタは白い歯を見せて笑った。

「そうだよ！　オレ、今日から毎日ゴンズの仕事場で働くんだ！」

「ついにか、おめでとうタンタ」

「へへっ、ありがとう！」

去年の春、タンタは白眼病を患い失明する瀬戸際だった。

勇者のパーティーを追い出され、この辺境ゾルタンでスローライフを目指していた俺は、あの日久しぶりに本気をだしてタンタを救おうとした。

夜の街道を〝雷光の如き脚〟を使って駆け抜け、アルベールとアウルベアの戦いによって起きた山火事の中、特効薬の材料となるブラッドニードルを集めた。

実際危ないところだった。もしタンタが白眼病になったのが一日でも遅れていれば、あるいはゴンズが俺ではなく別の誰かに薬草を採ってくることを依頼していれば、ブラッドニードルはすべて焼けタンタは失明していただろう。

「それじゃあレッド兄ちゃん！　あんまりお店サボっちゃだめだよ！」

「あはは、手厳しいな。でも俺はのんびり暮らすって決めたんだ」

「全く、レッド兄ちゃんもすっかりゾルタン人なんだから！」

タンタは手をブンブンと振って、それから駆け出していった。

「そうか、タンタも仕事をするようになったのか」

子供は目を離すとすぐに成長する。

タンタは少し背が伸びた。

少年の顔立ちに、ハーフエルフの成人男性に見られる凛々《りり》しさが垣間見《かいまみ》えるようになった。

様々な道具の入ったバッグを肩に掛けたまま、軽快な足取りで走っている。

あの日、俺がこの町にいたことで今日のタンタに出会えたと考えると、なんだか今更誇らしくなった。

タンタが助かってくれて本当に良かったと思う。

思えば、タンタを助けたお礼に念願の店を持つことができたわけで、あの日から俺の本当のスローライフが始まったのだ。

＊　＊　＊

ルーティの薬草農園。

「美味《おい》しそう」

「リンゴのジャムですか、楽しみです」

ルーティとティセは瓶に入った赤いジャムを眺めて言った。

「喜んでもらえて良かったよ」

「お兄ちゃんの料理は美味しい、だからプレゼントされたら喜ぶのは当然……今日はジャムパーティー」

微表情だが、楽しそうにはしゃいでいる2人。

人類最強の元勇者と世界最高峰の暗殺者だが、甘いものを食べて喜ぶ少女でもある。

「薬草も随分育ったな」

俺はルーティの農園を見渡して言った。

「うん、お兄ちゃんに教えてもらった通りに頑張った」

「そろそろ本格的に販路を作らないとな」

「販路」

ルーティの薬草農園には様々な春の薬草が揺れている。

もうあと数日もしたら収穫できるようになるだろう。

「まず第一号は俺の店だな、収穫できたら買わせてもらうよ」

「……うん」

ルーティはまた嬉しそうに微笑んだ。

きっとそれは達成感なのだろう。

だけどその表情は、これまでの嬉しさとは違ったものに見えた。

勇者としてではなく、ただのルーティとして自分の望む仕事で生計を立てる。

つまりルーティとしてこれからの人生を生きていけるということだ。

「商人ギルドやゾルタンの診療所、村を回る行商人にも話してみるか」

「うん……お兄ちゃんも一緒に来てくれるの？」

「ああ、俺は商人ギルド会員だし……このゾルタンでスローライフを送っている先輩だからな」

「お兄ちゃん先輩」

ルーティは楽しそうにそう言った。

「お兄ちゃん先輩……良い言葉」

その言葉の何かがルーティの琴線に触れたようで、何度も口の中で繰り返している。

「そうだ」

　ふとルーティが真剣な表情になった。

　くるりと向きを変え、ティセの方へと向き直る。

「え、ええっと、ルーティ様？」

「ティセ」

「はい」

「ありがとう、ティセと一緒だから上手《うま》くできた」

　ティセは一瞬驚き、それから笑った。

「はい、私もルーティ様と一緒にこの農園をやれて楽しいですよ」

「うん、楽しい」

　そこに戦いはなく、ルーティとティセは平和な時間を過ごしている。

＊　　＊　　＊

　ついでにもう一箇所寄り道をしていこう。

　俺は中央区にある病院へと向かう。

「あの方ですか？　公園で運動していると思います」

受付の看護師に礼を言ってから、俺は病院近くにある公園へと移動した。

中央区の公園は、下町の中にある森と違ってしっかりと手入れをされている。

公園だから当たり前と考えるのは、ゾルタン人を分かっていない。サボれるところはサボるのがゾルタン人だ。この公園がしっかりと手入れをされているのは、公園の手入れをするのが趣味となっている管理人の熱意によるものだ。

公園では子供達が鬼ごっこをして遊んでいる、地面には子供が怪我しそうな大きな石はない。

ゾルタンはそういった少数の熱意によって支えられているのだ。

「いたいた」

公園の中でも人気のない茂みのところに『武闘家』ダナンはいた。

普段の激しい気性からすれば信じられないほど静かな面持ちで、ゆったりとした動きで技の鍛錬をしている。

「調子良さそうだな」

「おうよ」

ダナンの動きが途切れることなく加速した。

音を立てて地面を踏み込み、左の拳《こぶし》を突き出す。

俺のところまで届かないと分かっていても背筋が凍った。

「8割ってところだな。まっ、あとは戦いながら取り戻すさ」

「それで全力じゃないのか」

全くとんでもない武闘家だ。

「ダナン、ブラウリンゴのジャムを作ったんだ。病院食の彩りにどうだ？」

「おおっ、そりゃありがたい。お前の作る料理は美味《うま》いよな」

ダナンは嬉《うれ》しそうに言った。

「もうすぐ食えなくなると思うと残念だぜ」

「そうか、いよいよゾルタンを出ていくんだな」

アスラデーモンのシサンダンとの戦いで負った重傷も癒《い》え、ダナンがゾルタンにいる理由がなくなった。

「寂しくなるな」

「だったら一緒に行こうぜ、魔王軍のやつらを楽しくぶっ殺そう」

迷いなくそう言い放つダナンは、本当にスローライフという生き方が理解できないタイプの人間なのだろう。

俺は苦笑しつつ、そんなダナンの生き方もまた素晴らしいものだと感じる。

「俺はここでリットと薬屋をやるって決めたんだ」

「残念だ」

ダナンはスローライフを理解出来ない。

だが、自分の理解できない価値観があるということを認められる男だ。

「じゃあ魔王をぶっ殺したらまた遊びに来るぜ、そんときゃ奢《おご》れよ」

「ああ、ゾルタンで一番美味い酒を飲ませてやるよ」

「がはは……ふむ」

そこでダナンは真剣な表情になる。

「どうした？」

「いや、一番美味い酒とやらがあるならゾルタンを離れる前に飲まねぇと、後で気になるだろうが」

「そうだな、じゃあ退院祝いに飲むか」

「お、言ったからな！　こちとら入院生活でずっと節制してるから飲むぞ!?」

「……昔みたいにお金に余裕ないから後半は普通の酒で頼む」

「がはは、男らしくねぇなぁ！」

ダナンはバシバシと俺の背中を叩《たた》いた。

痛いから止めて欲しい。

「あとあれだ」

「なんだ、まだあるのか？」

「ああ、お前と別れる前にこれだけはやっておかないとな」

「……何だ？」

「ギデオン、あと一度だけ俺と手合わせしてくれ」

ダナンはまっすぐ俺を見てそう言った。

＊　＊　＊

「それで受けちゃったの⁉」

「ああ」

リットは驚いて目を丸くしている。

俺はリットの可愛らしい驚き方を微笑ましく思いながら、店番をしてくれていたリットのために淹《い》れたお茶をテーブルに置く。

「はいどうぞ」

「ありがとう」

スキルで作った薬のように劇的ではないが、心を落ち着かせる効果のあるハーブの入ったお茶だ。

リットは「ほぅ」っと溜《た》め息をついて肩の力を抜いた。

「レッドが私のために淹れてくれるお茶はいつも美味《おい》しいね」

「愛情がこもっているからな」

自分で言っておきながら照れる。

もうちょっと違った言い方をすれば良かったか。

「それにしてもダナンとレッドが手合わせだなんて」

「ゾルタンを離れる前にどうしてもと頼まれたからね、それくらいは叶《かな》えてやるよ……ダナンは仲間だから」

「レッドが無理をしていないならいいけど……でも勝てるの？」

『武闘家』ダナン。

勇者のパーティーの中で、ルーティを除いたうち誰が一番強いかと尋ねられたら、俺はダナンだと答えるだろう。

ダナンはあのアスラデーモンのシサンダンを1人で圧倒した。アレスの横槍《よこやり》が無ければ勝利していたはずだ。

同じことが俺やテオドラ、ティセ、アレスにできるかというと不可能だ。

遺跡で戦ったあのシサンダンはそれだけ強かった。

「勝ち負けで言ったら勝ち目はないな」

「うー、だよね……」

「だけどダナンとの手合わせは殺し合いでも試合でもない、勝ち負けとは別のところに目的があるんだ」

「別のところ？」

加護に支配されたこの世界において、殺し合いというのは日常茶飯事だ。

誰も殺したことのない者は加護に触れる前の幼い子供を除いて滅多《めった》にいない。

大工のゴンズも、家具職人のストームサンダーも、医者のニューマンも、おでん屋台のオパララも……日々を平穏に暮らす人々でさえモンスターを殺して加護レベルを上げるという行為を行う。

だからこそ、ただの手合わせが重要なのだと俺は思う。

殺さなければ加護レベルは上がらない、手合わせは加護に何の影響も及ぼさない。

無意味な戦いをしている暇があるなら、モンスターを狩って加護レベルを上げろという思想の戦士も多い。

「戦う技術は加護のためにあるものじゃない」

「それは私も分かるわ。剣には哲学があるってのが師匠の口癖だったもの」

リットの師匠、ロガーヴィア公国近衛《このえ》兵隊隊長ガイウス。

軍事大国ロガーヴィア公国の精鋭である近衛兵隊の隊長を務め、リットの幼少の折から教育を任せられた重臣。

剣術もさぞ卓越したものだったのだろう。

「ガイウスさんとも一度手合わせしてみたかったな」

「ふーん……だったら私ともやらない？」

　リットが身を乗り出して俺の顔に自分の顔を近づける。

　美しい空色の瞳が間近に迫り、俺はドキリとしてしまった。

「り、リットと？」

「考えてみれば私、一度もレッドと手合わせしたことないじゃない！」

「確かに」

「他の仲間とは手合わせしたことあるんでしょ？」

「魔法専門だったアレスと俺が抜けた後に入ってきたティセとは手合わせしたことないけれど……他はやったな」

「だったら私とも手合わせやってよ！」

「いやでもなぁ……」

　俺はうーんと唸《うな》る。

　手合わせはマーシフルの魔法かマジックポーションを用いて行うのが普通だ。

　この魔法は相手を傷つけず捕らえるための魔法で、武器や自分の肉体にかけることで生物を傷つけることができなくなる。この効果で武器を使っても遠慮なく全力で戦えるというわけだ。

　だが傷つけない代わりに、痛みだけが相手を襲う。死ぬような攻撃を受ければ痛みで気絶するほどだ。

　身体の弱い者だとショック死してしまうことすらある。

　いくら傷つけないとはいえ、そんな痛みを与える刃をリットに向けて俺は振るえるのだろうか？

「いや無理だな」

「えー」

　リットは口をとがらせ抗議しているが無理なものは無理だ。

「リットが痛い思いをするとなると俺は剣を振るえない」

「んー、そう言われると確かに私も難しいかな、どうしても躊躇《ちゅうちょ》しちゃいそう」

「お互い騎士ギデオン、英雄リットなら全力で戦えたんだろうけどなぁ」

「今の私達じゃ無理かぁ」

　俺達は見つめ合って苦笑した。

　ゾルタンに住むレッドとリットは戦士ではなく、どこにでもいる平和で幸せな恋人なのだ。

とはいえあの武術の権化みたいなダナンと手合わせするのに、このままというわけにもいかないだろう。

*　*　*

家の庭で俺は銅の剣を構えて立つ。

ダナンの姿を想定し、剣術の技をいくつも繰り出し動作を研ぎ澄ます。

「はぁあっ!!」

俺は掛け声と共に剣速を上げた。

限界の速度から歯を食いしばり、さらに速く、意識の先を打つように速く。

「……くっ!!」

振り抜いたところで剣を止めた。

熱を発した身体を冷まそうと汗が一気に吹き出る。

「……鈍ってるなぁ」

戦いから遠ざかり日々の鍛錬を怠れば、当然技は錆《さ》びつく。

「このままじゃダナンにがっかりされるかもなぁ」

それはやはり嫌だ。

俺は水筒から水を一口含んで、ゆっくり飲む。

「残り数日……鍛錬するしかないな」

俺は再び剣を構え、技を繰り出した。

＊　＊　＊

翌日、朝。

「おはようレッド！」

店の扉が開き、鈴を転がしたような美しく明るい声がした。

「ヤランドラ、おはよう」

入ってきたのはハイエルフのヤランドラ。

ヤランドラはまっすぐ俺の所へ向かってきた。

「ど、どうした？」

「森の木々から聞いたわよ！　ダナンと戦うんですって⁉」

「さすが『木の歌い手』、隠し事は出来ないな」

ヤランドラは植物を操る力を持っている。

彼女に隠し事をするには、すべての植物から見られないようにしなくてはならない。

まぁダナンとの手合わせは隠し事ではないけれど。

「そういうことなら私の出番よね」

「え？」

ヤランドララは俺の肩を摑《つか》み、キラキラした目で俺を見ている。

「ダナンとの手合わせに備えて戦いの勘を取り戻すなら私と特訓するのが一番よ！」

「え……そうかな？」

「どう考えてもそうでしょう！」

そう言い切るヤランドララを、隣にいたリットがやんわりと俺から引き離す。

「でもヤランドララの『木の歌い手』ってメインは精霊魔法でしょ？」

リットの言葉にヤランドララはニヤリと笑った。

「ふふっ、こう見えて私、とある武術流派の開祖だったりするのよ」

「武術流派？　いやいや、いくら長生きしているからってそんな……」

リットが首をかしげるのも無理はない。

ヤランドララの普段の振る舞いから、実は彼女が大陸中に広まる一大武術流派の開祖だとは思いもしないだろう。

「だけど本当だよ、ヤランドララは蓮華《れんげ》流棒術《りゅうぼうじゅつ》を編み出した本人なんだ」

「えええっ！　私もそれ知ってる!!」

リットは驚いてヤランドララの顔を見た。

優しげに笑う彼女から、武術家の顔をリットは見いだせていないようだ。

リットはまだ「冗談だよね？」という表情をしていた。

しかし本当だ。

蓮華流は武術書を公開していることで知られる流派である。

この大陸中の国々で、冒険者や村の自警団といった幅広い庶民の間で用いられ、傍流合わせれば学んだ者の最も多い武術流派と言ってもいいだろう。

木の棒を1本用意すればいい気軽さと、両手で棒を扱う技法が両手剣や槍にも応用できることから、軍でも基礎訓練に採用しているところもある。

ダナンのような最強を目指す武術ではなく、誰もが強くなれる武術という理念。

それがヤランドララの武術だ。

「はぁー、驚いた」

椅子に座ったリットは心底驚いた様子だ。

「ヤランドララって有名人だったんだね」

「他にも水軍率いたり、傭兵《ようへい》団作って故国を救ったり、薬草学の本を書いたり、ヤランドララは本当に色々やってきてるよな」

俺の言葉にヤランドララは胸を張る。

「私はやってみたいことは全部やるようにしているの、そしてちょっとだけ凝り性なの」

「ちょっとだけの凝り性で、歴史に名を残すような偉業をいくつも達成しているんだから、ちょっとだけなんて言ったら他の凝り性の人の肩身が狭くなるだろう」

「あはは……それで、本題に戻るけど、ダナンとの手合わせに向けて一緒に特訓しましょう！」

趣味で武術流派の開祖になっただけあって、ヤランドララは特訓するのが好きなのだ。

「特訓かぁ、確かに勘を取り戻すなら強い相手と一緒に特訓するのが一番で、ヤランドララほどの適役はいないか」

ダナンとの手合わせは魔法も射撃戦もない剣と拳《こぶし》による戦いになるだろう。

「むー、私もレッドと特訓する！」

リットが口をとがらせて言った。

「レッドと戦ったりはできないけど、戦いのアドバイスとか汗を拭《ふ》いたりとか色々できると思うの！」

「うん、もちろんリットがいてくれると心強いよ、キツイ特訓も好きな人と一緒なら楽しめるな」

「でしょう！　よし決まりね！　えへへ」

嬉《うれ》しそうに笑っているリットを見て、俺は微笑ましい気持ちになる。

「うんうん、リットならそう言うと思った」

ヤランドララは満足げに頷き、言葉を続けた。

「というわけで、今回の特訓はゾルタンの外にある森でキャンプ合宿をしようと思うの」

「キャンプ合宿か、騎士団時代の野営訓練を思い出すな」

「今のレッドに必要なのは精神を研ぎ澄ますことだわ。平和な中で鈍った技術を取り戻すことは、一朝一夕でできるものじゃないけれど、心ならギデオンだった頃とは違った強さを手に入れているはずよ」

「そうだな、レッドとなってから得たものはたくさんある……そういえばガシャースラが言っていたな」

レオノール王妃との騒動で俺と戦ったアスラデーモンのガシャースラ。

あいつは、人間の王子として生きて平穏な時間を過ごしていたにもかかわらず強くなっていた。

「ギデオンだった頃の俺に戻ったとしてもダナンには勝てない。ならいっそ、レッドとしての強さを目指す特訓をしてみるか」

「そうそう、前向きに行かないとね！」

相手を殺すことによってのみ成長する加護で強さが決まるこの世界。

ダナンは俺が見てきたたくさんの戦士達の中でも、最も自分の加護に愛され、そして自分の加護を愛している男だ。

『武闘家』というありふれた加護で、他の武闘家系の上級加護持ちを圧倒するその強さは、加護との相性の良さからくるのだろう。

『武闘家』の理想形がダナンという男なのだ。

そのダナンに挑む俺の加護は『導き手』。

最初から強い以外の取り柄のない加護で、固有スキルがない以上相性の良さもなにもない。

だけど『導き手』として歩んだ人生に価値があるのだと、そうリットは言ってくれた。

敵であるガシャースラに言われた言葉と、最愛の人であるリットに言われた言葉。

その2つが加護ではなく俺という人間の強さを認めてくれたのだ。

「思い返せば、ゾルタンに来て色々な経験をしたな」

今も俺がダナンに勝てるビジョンは全く無い。

それでも俺は、このゾルタンで生きたレッドとしての力を、あの最強の『武闘家』にぶつけてみたいと思っていた。

*　*　*

2日後、朝。

俺は店の入り口に本日休業の札をぶら下げた。

そして張り紙を張っておく。

「『3日間お休みをいただきます』っと、これでよし」

「こっちも準備できたよ」

アイテムボックスにテントなどを収めたリットが言った。

「ゾルタンは気軽に店を休めていいな」

「みんな、『今日は春の陽気で働く気になれないので休みます』とか普通にやってるもんね」

「他の町なら文句を言われそうだが、働く気になれないなら仕方がないと考えて笑うのがゾルタン人だ……最初は戸惑ったが、今では俺もすっかり馴染《なじ》んだよ」

俺達は声を上げて笑った後、ヤランドララとの待ち合わせ場所へと向かう。

「レッド！」

待ち合わせの広場には、ヤランドララがすでに来ていた。

「ちょっと早めに出たんだがヤランドララの方が早かったか」

「うん、昨晩から待っていたからね」

「え？」

思わず聞き返してしまったが、ヤランドララの口調に冗談を言っている様子はない。

ハイエルフの感覚では一晩くらい普通に待てるのか。

「だって今日が本当に楽しみだったのよ」

ヤランドララはそう言って楽しそうに笑った。

それからすぐに、２人の人影が広場にやってくる。

「お兄ちゃん」

「レッドさん、リットさん、ヤランドララさん、おはようございます」

「おはようルーティ、ティセ」

野外用の格好をしたルーティとティセだ。

ルーティは俺の側へと小走りで駆け寄ってきた。

「お兄ちゃん、待った？」

「いや、俺達も今来たところだよ」

「むふー」

ルーティが満足げに頷《うなず》いている。

どうやら、このやりとりがしたくてルーティは俺の到着時間のすぐ後につくタイミングを狙ったようだ。

小説か何かでも読んだのだろうか？

しかし、俺の行動を秒単位で予測できるとは。

お兄ちゃん想いで可愛い！

ティセがまた「えー」という微妙な顔をして俺のことを見ているが、ルーティが可愛いのは疑いようのない真実なので何も問題はない。

「お兄ちゃんとの特訓、すごく楽しみ」

今回の特訓にはルーティとティセも同行することになった。

３日間ゾルタンを離れて特訓するのだ、ルーティを仲間外れにはしたくない。

「ルーティ様と戦闘訓練したいとは……レッドさんは勇気ありますね」

ティセは感心している。

ルーティは人類最強で、魔法や『シン』のスキルを使わず剣のみでの戦いですら俺の遥《はる》か上にいるのは事実だろう。

「だけどルーティに剣を教えたのは俺だぞ？　師匠が弟子と訓練できないってことは無いだろう」

「そう、お兄ちゃんは私の師匠、私が強いのはお兄ちゃんのおかげ」

俺よりもルーティの方が胸を張って自慢している。

「確かにレッドさんの剣とルーティ様の剣は似ているところがありましたが、術理は結構違いますよね」

「まぁルーティは天才だからなぁ、俺が教えたバハムート騎士団流剣術を自分のものにしてアレンジしているんだ」

ルーティに剣を教えた時のことは今でもはっきり憶《おぼ》えている。

剣を握ったことも無いはずのルーティは、俺の教えを次々に吸収していった。

バハムート騎士団副団長として、それなりに多くの騎士達に剣を教えたが、ルーティほど物覚えが良い生徒はいなかった。

1度教えただけで基礎を身に付け、2度教えれば応用してみせる。

3度目は逆にこちらの技術の問題点を指摘されるようになる。

ルーティに剣を教えたのは魔王軍との戦いが始まってからだが、アレスを仲間に加えて王都を出る頃には、剣術道場を開いても遜色《そんしょく》ないほどの達人へと成長していた。

「私はお兄ちゃんとの思い出は一字一句、一挙一動すべて記憶している。だからお兄ちゃんから教わったことは特別理解しやすい」

またルーティは胸を張った。

可愛い。

そしてティセはまた口を横に広げて「えー」という顔をしていた。

「あっ、最後の1人も来たみたいだよ」

仲良く歓談している俺達にリットが声をかける。

振り向けば、右の袖をひらひらとはためかせ、遠目からでも分かるほどに鍛え上げられた身体の大男がこちらに歩いてくる。

「よう」

その男……ダナンはニヤリと笑った。

「まさか手合わせの相手であるダナンも一緒に特訓するとはね」

リットは面白そうにそう口にする。

この特訓の最終日に、この森で俺とダナンは手合わせをすることになったのだ。

確かにダナンを相手にするための特訓をするのに、ダナンを誘ったのはおかしく見えるのかも知れない。

だがダナンとの手合わせは、相手を出し抜いて勝つことが目的ではない。

「おはようダナン、それに退院おめでとう」

「ありがとよ、特訓とは嬉しいことやってるじゃねぇか。長い病院暮らしで鈍った俺にはうってつけだ」

ダナンは嬉しそうに……本当に嬉しそうに白い歯を見せて笑う。

ヤランドララは特訓が好きだが、この中で一番特訓という概念が好きなのはもちろんダナンだ。

この武術の権化にとって特訓とは強くなるための手段であり、そして最高の娯楽でもある。

死ぬほど疲れているから特訓してリフレッシュする、なんて意味のわからないことをやりだす男なのだ。

「じゃ、全員揃ったから行きましょうか」

ヤランドララも俺達の様子を見て嬉《うれ》しそうに笑っていた。

＊　　＊　　＊

ゾルタンの城門を出て、俺達は街道を歩いて進む。

ゾルタンの周囲に広がる緑の草原は、春の陽気で小さくも色とりどりの花を咲かせている。

草原の花々は観賞用に品種改良された花のような大きな花弁は咲かせないが、太陽を浴びて朝露が輝く様は活力に満ちとても美しいと俺は感じた。

「特訓の場所はヤランドララが探してくれたんだよね？」

リットの言葉に先頭を歩くヤランドララはうなずく。

「そうよ、少し歩いたところにある森の中に気持ちの良い場所があるの。小川のそばで木々がまばらになっていて身体を動かすにもってこいの場所よ」

「お弁当を食べるのにも良いかな？」

「もちろん！　ピクニックの場所としても最適だわ！」

特訓の場所はヤランドララがおすすめしてくれた場所だ。

俺達が本気で特訓するとなると人気のある場所は避けたい。

元勇者パーティーの特訓風景とか一般人には刺激が強すぎる。

「ええ、どの村からも離れているし、それに森の女王がいて、あの森のことを知っている人は誰も近づかないのよ」

「森の女王？」

「会ってのお楽しみよ、ついたら挨拶《あいさつ》に行きましょうか」

ヤランドララはちょっとした秘密を楽しむような口調で言った。

森の女王？

凶悪なモンスターがいるなら討伐依頼がギルドにありそうだが、そんな話は聞いたことがない。

つまりは人間に被害を与えているような存在ではないということだろう。

前にあったウンディーネのような妖精《ようせい》だろうか？

「気難しいところもあるけど基本的には良い子だから、ちょっとしたレクリエーションね」

「楽しみにしておくよ」

スローライフをしながらちょっとの刺激。

久しぶりの小旅行を俺は楽しんでいる。

＊　＊　＊

森の中を流れる小川の側に、俺達はテントを組み立てている。

「ふんふーん♪」

リットはテントのポールに布を張りながら鼻歌を歌っている。

ご機嫌だな。

「よし、こっちはできた」

「私もＯＫだよ」

俺達は立て終わった最大10人収容できる大型テントを見て達成感に浸る。

「こんなに大きいのを立てる必要あったのですか？」

「ティセ、ダナン。薪《まき》も集め終わったんだな」

「おうよ、見ての通りだぜ」

ティセは背負い袋いっぱいの薪を、ダナンは高さ3メートルはある薪の塔を左の人差し指の指先に載せ運んでいた……しかも紐《ひも》でしばることもなく。

「バランス感覚と力の制御によい特訓だろ？　それに落としたら地面に散らばった薪を集めて、また組み立てるんだぜ？　気合いも入るってもんだ」

「……本当ダナンだな」

「おうよ」

多分長い入院生活を終え、ダナンも少し浮かれているのだろう。

いつもよりちょっと奇行が激しい。

「お兄ちゃん」

「あ、ルー……ティ」

そこに立っていたのはルーティ。

両手の指1本ずつにダナンと同じ高さの薪を載せている。

合計本数はダナンの10倍だ。

「見て、私もできる」

もはやどういう力学で薪が崩れず塔の形を保っているのか理解できない。

「ルーティはすごいな」

「えっへん」

ルーティは大量の薪の塔を奇跡のバランスで保ったまま、器用に喜んでいた。

「さすが勇者様……おっと、今は勇者様じゃなかったか、さすがはルーティだな」

ダナンは感嘆して笑う。

「よおし、もう一度薪を集めてくる！」

「いやいや、もう十分過ぎるほど集まってるから！」

再び薪集めに行こうとしたダナンを俺は慌てて止めたのだった。

＊　＊　＊

「さて、テントも立てたしそろそろお昼にするか」

テント、火が消えない程度の火力で小さく燃えている焚《た》き火、鍋《なべ》を設置する鉄輪、水の入ったバケツ。

直ぐ側を小川が流れているから水には困らない。

食料は約３日分。

肉に野菜に卵と色々揃っている。

約と言ったのは、１食は小川の魚を釣って塩焼きにするつもりだからだ。

まぁ、それは明日でいいだろう。

「というわけで、特訓最初の１食はお弁当だ」

「「おおっ」」

リットとルーティが喜びの声を上げた。

「レッドの弁当か、俺の分もあるんだろうな？」

「もちろん」

「そいつは楽しみだ！」

俺は地面に布を敷き、その上に弁当箱を並べた。

「今日のメニューは、パン、ソーセージ、レーズンと人参《にんじん》のサラダ、エビのグリル、鴨肉のソテー、それにデザートとしてチョコレートケーキ」

「豪勢だな、こんなに作れるなら旅の時も作ってくれよ」

「無理言うな、半日経ったら食べる弁当だからできるメニューだよ」

それに旅をしていた頃より料理の腕は格段に上がった。

あの頃は野外で材料もロクに無く、調理時間も最小にという条件の中、どうすれば美味《おい》しい料理を作れるのかというのが目的だった。

今は時間をかけてでもリットやルーティに美味しいと言ってもらえる料理を作るのが目的になっている。辺境で交易品こそ貧弱だが、水源も豊富で海も川も山もあるゾルタンの食材はなかなかに豊富だ。

多分、あのゾルタンの川で座礁している魔王の船ウェンディダートのような船が人間にも造れるようになり、世界の海を安全に航海できるようになればゾルタンも栄えるのではないだろうか？

まぁそれはずっとずっと未来のことで、今の俺には考えても仕方のないことだな。

「このサラダ美味しい！」

「エビに載ってるペーストの材料って何でしょう、すごく風味が良いですね」

「お兄ちゃんの料理はいつでも美味しいけど、このお弁当はすごく美味しい」

「パンはココナッツオイルを使っているのね、いつもと違う楽しい風味だわ」

リット、ティセ、ルーティ、ヤランドラがそれぞれ俺の料理に舌鼓を打っている。

楽しそうに食べるその姿を見て、料理を作った俺も嬉しくなった。

「こうして勇者のパーティーが集まるのは久しぶりだよな」

ソーセージをかじりながらダナンは感慨深そうに言った。

「アレスとテオドラがいないけどな」

「アレスは死んじまったからな……そういや新聞は見たか？」

「ああ見た」

魔王軍水の四天王アルトラを一対一で打ち破り、重傷を負わせて撤退させた謎の傭兵《ようへい》エスカラータ。

「ありゃテオドラだな」

「ダナンもそう思うか」

　辺境ゾルタンに情報が伝わるのは遅い。

　一昨日の新聞に書かれたその戦いが行われたのは、２ヶ月も前の冬の頃だそうだ。

　仮面の騎士エスカラータ。

　槍《やり》と法術を使う経歴不詳の謎めいた女騎士。

「この大陸に四天王を倒せる戦士が他にいるとは思えねぇよ、そんな槍使いがいるならとうの昔に戦場へ出てるだろ」

「そんな戦士がいたなら、俺も仲間に勧誘できないか考えただろうな」

「四天王を倒せる戦士が仲間になれば、旅ももうちっと楽だったろう」

「ああ、俺達の旅はいつも誰もやったことのない勝利を目指す戦いだったからな」

「最初に戦った土の四天王デズモンドは本当に苦労したよな。結局何回逃げ出すはめになったんだったか」

「３回だ、４回目の戦いで周囲の土をすべて凍らせようやく倒すことができたんだ」

「魔王軍から占領された国を取り返したのも、魔王軍四天王を倒したのも、伝説の聖剣を見つけ出したのも、全部俺達が最初だ」

　俺達の旅は常に前人未踏の戦いだった。

　誰も勝てない相手に勝つ、誰も調べたことのない遺跡を進む、誰も手に入れたことの無い秘宝を手に入れる……。

「これからは変わっていくんだろうが、今四天王とやりあえるのはルーティを除けば、俺かテオドラくらいのもんだろう」

「俺は騎士団時代も各国の英雄を何人か見たけど、今のダナンとテオドラは群を抜いているよ。それにエスカラータが従者として連れているのは右腕が義手の剣士だそうだ。アルベールのことだろう」

「あいつか、そういや助けてもらった礼をちゃんとしてなかったな」

「シサンダンとアレスに負けて死にかけたところを助けられたんだったか？」

「あの場にいたやつらは全員アルベールよりも遥《はる》か格上だった。なのにあいつは逃げること無く俺を助けようとした。腕は弱っちいが大した精神力だ」

このゾルタンでアルベールと戦ったのも、もう半年も前のことになるのか。

ビッグホークに取り憑《つ》いていたコントラクトデーモンと結託して陰謀を企《たくら》んでいたアルベールは、テオドラとの出会いで変わったのだろう。

「いやそれだけじゃねぇな」

「うん？」

俺の表情を見てダナンは首を横に振った。

「俺は以前のアルベールを知らないが、話を聞く限りテオドラと出会う前にお前に負けたのも変わった原因だ」

「……そうかもな」

「勝利は前に進む力になり、敗北は新しい道を見つける力になる」

「ダナンがそんな言い回しをするとは珍しいな」

「俺は元々道場主だぞ？　人に教えるための言葉もあらぁな」

　ダナンはカラカラと笑う。

　それから鴨肉のソテーを口に放り込んだ。

「やっぱり美味《うま》い！」

「どうも」

　俺もサラダを食べる。酸味の利いた我ながらよくできたサラダである。

「ゾルタンを出たら、俺はまずテオドラのところを目指すつもりだ」

　ダナンはそう言って拳《こぶし》を握る。

「それからのことはまだ何も考えてねぇ、俺は目の前の敵を倒す以上のことはよく分からねぇからな。もし水の四天王にとどめを刺しに行くってんなら喜んで同行する」

「ダナンほどの腕ならどこへ行っても活躍できるさ」

　人類最強の武闘家。

　いや、ルーティが普通の少女に戻った今、人類最強の戦士はダナンだろう。

　どの戦場に行くべきなのかは辺境ゾルタンでスローライフを送っている俺には分からな

いが、どこに行ったって最大の戦力となる。

ありふれた『武闘家』の加護持ちが活躍する姿は、きっと多くの人々を勇気づけることだろう。

「こらダナン！　私まだ食べていないのに鴨肉ソテー全部食べる気なの⁉」

「あん？　早いもん勝ちだろ！」

ヤランドララとダナンが最後に残った鴨肉を巡ってフォークで大人気ないつば迫《ぜ》り合いを繰り広げている。

だが閃光《せんこう》のような速度で１本のフォークが鴨肉をかすめ取る。

「美味しい」

「「ルーティ‼」」

ヤランドララとダナンは呆然《ぼうぜん》としたあと、顔を見合わせ笑っていた。

＊　＊　＊

楽しい昼食を終え弁当箱を洗った後、俺達はヤランドララに連れられて、森の奥へと進んでいた。

「森の女王はこの先よ、挨拶《あいさつ》しておけば無駄な諍《いさか》いも避けられるわ。何事も挨拶が大事ね」

「森の女王ね」

　こうして森の中を歩けば違和感に気がつく。

「ねぇレッド、この森って大型の動物やモンスターが少ないよね」

「リットも気がついたか」

「うん、いないわけじゃないいんだけど……」

　リットの言う通り、この森にはネズミなど小動物はいるのだが、狼やモンスターをほとんど見かけない。

　ヤランドララが先導して道を作っているが、この森には獣道らしい獣道がない。

　草を踏み固めるほどの大型動物がいないのだろう。

「それに植物が多いわよね」

「そうだな、生態系がゾルタンの他の森とは少し違う」

　もちろん気候条件は他の森と同じだ。

　つまりは。

「森の女王の力ということか？」

「ふふっ、もうすぐ分かるわ」

　ヤランドララは楽しそうだ。

「うげうげさん？　何か感じるの？」

ティセが後ろでつぶやいた。

ティセの肩に乗っているうげうげさんが忙《せわ》しなく周囲を窺《うかが》い、ぴょんぴょんと飛び跳ねている。

「そんなに深刻そうじゃないですが……」

「うげうげさんが何かあるって言うのなら間違いないだろう」

うげうげさんは頼れる蜘蛛《くも》だ。

「もうそろそろかな、こちらから手を出さなければ襲ってこないから、みんな攻撃しちゃだめよ」

「分かった」

ヤランドララの後から、俺達は茂みの中を抜ける。

するとそこには。

「「ブーン」」

無数の羽音と共に、全長が中型犬ほどもある巨大なミツバチが無数に飛び回っていた。

「ジャイアントビーか！」

ジャイアントビーは通常のミツバチの親類である大型蟲タイプのモンスターだ。

大型蟲モンスターは種によってどこまでも巨大になる。

たとえば蜘蛛なら、小型犬くらいのジャイアントスパイダーから、象よりも巨大なガルガンチュアスパイダーまでのバリエーションがある。

竜食い蟷螂《ドレイクイーターマンティス》、巨神百足《タイタンセンチピード》、破壊スル甲虫《デストロイヤービートル》といった名だたる大型蟲は、『闘士』という最下級の加護持ちでありながら、ただ巨大というだけで竜種や巨人種にも劣らない恐るべき災害としての記録を持ち、この大陸で最も手強《てごわ》いモンスターの地位を占めている。

「手を出したら駄目だからね」

ヤランドララに念を押された。

もちろんここにいるメンバーは百戦錬磨の戦士達で、羽音を立てて飛ぶ巨大ミツバチ程度でパニックになったりはしない。

「なんだか春っぽいですね」

「モコモコしてて可愛い」

ティセとルーティはフラフラと飛ぶジャイアントビーを楽しげに観察しているし。

「蜂蜜《はちみつ》とか分けてもらえないかな？」

リットは甘味《かんみ》が手に入らないかと考えているようだ、確かにこれだけ大きなミツバチなら壺《つぼ》１つ分の蜂蜜くらいなら分けてもらえるかも知れない。

虫とコミュニケーションできるスキルか魔法があればだが。

「リットの精霊魔法に虫と会話できるものはあるか？」

リットは首を横に振った。

「無いわ、私は四属を制御する精霊魔法しか使えないから」

「大丈夫、私が使えるから少しだけ分けてもらえないか聞いてみるわ」

「やった」

ヤランドララにそう言われ、リットは嬉《うれ》しそうに笑う。

さらに歩くこと10分ほど。

俺達は巨大な蜂の巣の前へとたどり着いた。

「森の女王はこの中よ」

「やはりジャイアントビーの女王蜂のことだったか」

「私、ミツバチの巣の中に入るの初めて」

「俺もこれが初めてだよ」

俺は騎士として、リットはロガーヴィアの英雄として多くの冒険を行ったが、人間が入れるサイズのミツバチの巣に入ったことはなかった。

俺達は特徴的な正六角形の部屋を登っていく。

「こういう家に住めば毎日いい運動になりそうだ」

「いやいや」

ダナンの言葉に俺は首を振って苦笑する。

空を飛ぶミツバチの為に作られた巣だ。

階段や梯子《はしご》なんてあるはずもなく、部屋から部屋へジャンプしながら垂直に女王の部屋を目指さなければならない。

俺達でなければかなり面倒な道だ。

先頭を跳ぶヤランドララが一際大きな部屋へと飛び込んだ。

「あそこか」

俺達も後へと続く。

「……っ、でかいな」

そこに待っていた森の女王は思っていたよりもずっと巨大だった。

普通のミツバチだと女王蜂は一回り大きい程度で外見にもそれほど大きな違いはなかったはずだが、その体長は４メートルに近い。

茶色の横縞《よこじま》が走る腹部を床に横たわらせ、鎧《よろい》を思わせる外殻に覆われ、黒く丸い目で俺達を見下ろしている。

ジャイアントビーは花の蜜を餌にするため、あまり巨大にはならないはずだが、女王はこれほど大きくなるのか。

「彼女は特別大きいわよ。ちょっとだけ人より長く生きている私も、彼女ほど大きなジャイアントビーの女王は見たことがないわ」

ヤランドララはそう言いながら女王蜂のもとへと歩み寄る。

「こんにちは女王」

ギシギシと外殻がこすれる音がして、女王蜂は顔をヤランドララに近づける。

リットが息を呑《の》むのが聞こえた。

だがまぁ大丈夫だろう、俺はリラックスして間近で見るジャイアントビーの女王の姿を観察していた。

王都の動物園でだってこんな光景は見られない。普段見られないものを見るのも旅行の醍醐《だいご》味《み》だ。

「ええ、森の草木に活力を吹き込んでおいたわ。私達は小川の側にいるけど、あなた達のことを害するつもりはないから」

ヤランドララの手から緑の蔓《つる》が伸び、女王蜂の触角に触れている。

あれでコミュニケーションを取っているようだ。

うげうげさんが頭を傾げながら自分の頭をなでているが、触角がどういうものか想像しているのだろうか？

ティセはそんなうげうげさんを見て微笑ましそうに目を細めている。

「あとほんの少しだけ蜂蜜をわけてもらうわね」

ヤランドララは小声で歌うような調子で女王蜂に語りかけている。

「おもしれぇなぁ」

　ダナンが言った。

「お前らとの旅はおもしれぇことばかりだった、見たことも聞いたこともない冒険がたくさんあった」

「そうだな」

「……俺は楽しかったぜ」

「そうだな、悪いことばかりじゃなかった……俺も楽しかったよ」

「へへっ」

　俺の返事を聞いて、ダナンは嬉しそうに笑っていた。

*　*　*

　森の女王への挨拶を終え、俺達はテントを張った小川へと戻る。

「さて、やっと特訓だな」

　ダナンは腕を回してやる気十分だ。

「とりあえず素振りでもするか？」

　俺がそう言うと、みんな頷《うなず》いた。

「まずはウォーミングアップもかねて1万回を3セットいくか」

「そうね、まずはそれくらいでいきましょう」

俺達はお互いに距離をとって武器を構える。

「各自自分のペースでいいけど、最初の1回は合わせよう」

全員基本の構えのまま静止する。

「よし……いーち!!」

俺は掛け声と共に剣を振り下ろす。

同時に周囲からそれぞれの武器が風を切る音がした。

1回目の素振りを終えた姿勢のまま、俺は英雄達と共に訓練する久しぶりの感覚に心が研ぎ澄まされていく気がした。

リットの剣には華がある。一つ一つの所作が美しく、また一撃一撃が途切れることなく水の流れのように続いていく。強さだけではなく見ている人を惹《ひ》きつける英雄としての品格を感じる。

ルーティの剣は完璧だ。正確で力強く、一切非の打ち所がない、あの前に立てる存在など、この世界にはいないだろう。

ティセの剣は驚異だ。素振りにも視線や足運びに無数のフェイントが織り込まれ、そして振り抜かれる位置は必ず急所であり、人を殺すためのものだ。

ヤランドララの杖《つえ》は極みに達している。長い時間をかけて練り上げられた技術がそこにある。

そして、ダナンの拳《こぶし》は武だ。武術という概念すべてがそこにある。己を信じ、ただ武によってどのような障害でも乗り越えようとする信念がある。

魔王軍との戦争を、己の武を高めれば勝てるとダナンは信じている。

普通なら一笑に付すような夢想を、武を信じ疑わぬ心。

だからこそダナンは人類最強の武闘家なのだ。

およそ1時間後。

1万回×3セットの素振りを終えて、俺達は座って水を飲んでいた。

「やっぱりギデオンはすげぇな」

不意にダナンが言った。

「ここには他に誰もいないしレッドじゃなくて元の名前でもいいよな？」

「まぁ構わないが……」

「ギデオンの剣には敵が見える」

「敵？」

「ああ、素振りを見ていたらその一撃でどんな相手を斬ったのか見える」

「まぁ想定しながら素振りをしているが」

「相手がどんな姿なのか、どんな武装なのか、人間、エルフ、モンスター、デーモン……同じ中段からの斬りつけにもかかわらず、毎回違う敵の姿が俺にもはっきり見えるんだよ。それだけ術理がしっかりしてるってことだ」

　武術の権化みたいな男に褒められ悪い気はしない。

「そうか」

「手合わせするのが楽しみだぜ」

　そう言ったダナンの顔は純粋で、本当に楽しみにしているということが伝わってきた。

＊　　　＊　　　＊

　その後も特訓を続け、やがて夜になり、夕食にベーコンのスープと蜂蜜がけのパンを食べた後。

　俺は1人汗と土で汚れた身体を川の水で洗い、座って夜の森を眺めていた。

　旅をしていた頃は野営は当たり前で、夜の森は見慣れた光景だったがリットとスローライフを始めてからはあまり見なくなった光景だ。

　ジャイアントビー達が、草を食べる大型草食動物を追い出し、餌の無くなった肉食動物もいなくなったこの森の夜はとても静かだ。

野鳥と小動物と虫達ばかりの森で、俺は特訓後に行われるダナンとの手合わせのことを考えていた。

「レッド」

声がした。

「リット、どうしたんだ？」

振り返ればリットが立っている。

「レッドが戻ってくるのが遅いから、どうしたのかなって思って」

「身体を洗った後、ここで景色を見ていたんだ」

「そうなんだ……私も隣で見てもいい？」

「ああ、いいよ」

「やった」

俺の隣にリットが座る。

「良い雰囲気の場所だよね、さすがヤランドララが見つけた森」

「そうだな、特訓するのに人間にもモンスターにも煩わされることがない。騎士団でも、基礎は騒がしい訓練所でやるけど、高度の訓練は人里離れた場所でやったな」

「へぇ、ロガーヴィアでも武闘家や剣豪は雪山の中１人で特訓するのが定番なんだけど、どこでもそんな感じなのかな」

「かもしれないな」

俺達は並んで夜の森を眺めた。

光蟲の放つ薄ぼんやりとした光がフラフラと川の上を飛んでいる。

「ねぇレッド、マッサージしてあげようか！」

「えっ、どうした急に」

「久しぶりに全力で体動かしたでしょ、ダナンとの手合わせの時に筋肉痛じゃ未練が残るんじゃない？」

「ん、そうだな……じゃあお願いしてもいいかな」

「うん！」

リットは地面に敷くタオルもちゃんと用意していた。

俺は身体を汚すこと無く地面に横たわることができた。

さすがリットだ。

「じゃあ失礼して」

ふわりとリットの身体が俺の上にまたがった。

「いくよー」

リットの指が俺の背中に触れる。

少しだけ身体がビクリと震えてしまった。

リットは面白そうにクスクス笑っている。

「さてと……ふむふむ」

リットは俺の背中に手のひらを当ててブツブツとつぶやいている。

「なんだか本格的だな」

「えへへ、実はレッドの役に立ちたくてここに来る前に勉強したんだ」

冒険者をやっていた経験から身体についての知識は人並み以上にあるだろうから、マッサージの技術を習得できたのだろう。

それに二刀を使うリットは指先のコントロールも抜群だ。

「ここらへんから……かな」

リットは俺の身体を優しい手付きで揉《も》みほぐす。

「血の巡りを良くすることが目的だから力を入れすぎないようにっと」

「ん……」

「どうかな？」

「ああ、すごく気持ちいいよ」

リットのマッサージはとても心地が好《よ》い。

技術も良いが、何より俺の身体を労《いたわ》っているリットの愛情が指から伝わってくる気がする。

俺は身体だけでなく心の緊張も解き、リットにすべてを委《ゆだ》ねることにした。

「どう、ダナンには勝てそう？」

目をつぶり脱力している俺にリットが話しかけた。

「やはりダナンは強いよ。こうして一緒に特訓しているとその凄《すご》さがよく分かる」

「そうね、多分ルーティを除けばダナンが今の人間の中で一番強いと思う」

「あれは武術の権化だ」

「でもやるんでしょ？」

「もちろん、仲間だからな」

ダナンはスローライフが理解できない男だ。

今も俺やルーティがなぜゾルタンでの暮らしを選んだのか、全く理解していないのだろう。

ならば戦いを通して俺の選んだ生き方を伝えなければならない。

仲間としてお互い納得して「さよなら」を言うために。

＊　＊　＊

2日後。日が傾いてきた頃。

俺とダナンは向かい合って構えていた。

俺の剣にもダナンの拳にも、マーシフルポーションが塗られてある。

これにより、相手に当てても傷つけることなく痛みだけを与える。

だが、ダナンの本気の拳が直撃すれば痛みだけで俺は意識を失うだろう。

「ふぅ……」

俺は息を吐き、感覚を研ぎ澄ます。

「………」

ダナンの顔に笑みはない。

本気で戦いに挑もうという戦士の表情があるだけだ。

「それじゃあ」

中央に立つルーティが右手を上げた。

何か事故が起こりそうな時、俺達の戦いを止められるのはルーティしかいない。

「お互い恨みっこなしで」

そう言ってから、俺達へ順番に視線を向ける。

俺とダナンは1回だけ頷《うなず》いた。

「うん……始め」

ルーティが右手を振り下ろしたと同時にダナンが地面を蹴った。

5メートル以上あった間合いを一足で詰める。

「レッド……！」

リットが息を呑《の》むのが聞こえた。

だが。

「ちっ!?」

ダナンの身体が右へと逸《そ》れた。

ダナンのいた場所へ俺の剣が跳ね上がる。

「武技：暴《あば》れ魔脚《まきゃく》!!」

回避した体勢からの後ろ回し蹴《げ》り。

武技は動きが決まっていることもあり、一度ニュートラルな体勢に戻らないと使えないのが普通だが、ダナンはどんな体勢からでも武技が使えるよう動きを研究してある。

ダナンは間違いなく脳筋なのに、武のことになると理知的に研究を行える。

ダナンと会話し、初めてその高度な武術理論を聞いた時は普段のイメージとのギャップに驚いたものだ。

俺がダナンの武術を知らなければ、今の蹴りはかわせなかっただろう。

「ぐっ!!」

俺の剣がダナンの脚を打った。

武技による気で守られているため、俺の剣では大したダメージは与えられていないが、最初に一撃を入れたのは俺が先だった。

「おおおおっ!!!」

ダナンの連打が俺を襲う。

一撃一撃が必殺の威力を持つ連打。

一発でも当たればそれで終わる。

「すごい、なんであれを避けられるの!?」

観戦しているヤランドララが驚いている。

俺はダナンの連打を、剣で払い、身を反らせ、飛び退き、すり抜け、その他あらゆる防御技術でかわし続ける。

「……ここだ!!」

連打の隙間を縫うように、俺の剣がダナンの胸へと突き出される。

「!?」

俺の剣が空へと弾かれた。

まずい!!

「オラッ!!」

武器を失った俺をめがけ、ダナンの左腕が唸《うな》った。

「武技：破砕拳《はさいけん》!!」

ダナンの武技が俺へと迫る。

俺は回避することなくダナンの左腕を掴《つか》み、相手の武技の勢いを利用して後方へと投げ飛ばす。

ダナンの身体が宙を舞ったが、ダナンは空中で体勢を立て直し、倒れること無く着地した。

弾《はじ》き飛ばされた俺の剣が、ダナンの側へと落下して地面に突き刺さる。

「…………」

ダナンは俺の剣を一瞥《いちべつ》すると、ゆっくりと近づき手に取った。

「やっぱりただの銅の剣だよな」

ダナンは俺に向けて剣を投げつける。

俺は飛んできた剣を右手でキャッチし構え直した。

「俺の方が遥《はる》かに強いはずなのに、俺の技はすべて見切られ、お前の剣が俺に触れた」

戦いの表情をしていたダナンが顔をほころばせて笑った。

「おもしれぇなギデオン、やっぱりお前はおもしれぇよ」

「……ダナンならどうすれば勝てるのか、もう分かったんだろ？」

「まぁな、お前が俺の攻撃をさばけているのは、俺がどんな攻撃をするのか先読みしているからだ」

「ああ」

ダナンの拳《こぶし》は俺の防御よりも速い。

だが、どんなに速い技でも相手より先に動けば防御することは容易《たやす》い。

相手はあの旅を共に戦ったダナンなのだ。俺は旅を戦い抜くため、仲間のできることは知り尽くしている。

だから何をしようとしているか、その思考を理解できる。

「だったら俺がしない技で戦えば勝てる、少し手加減すりゃいい話だ」

「そうだな、ダナンが全力を出さなければ俺はダナンの技を予測できなくなる……それで、手加減するのか？」

「いやしねぇよ、これは殺し合いじゃなくて手合わせだ。俺は、俺の出せる最強の俺としてお前と戦うんだ。そうでなければ意味がねぇ」

「そう言うと思ったよ」

「へへっ」

ダナンとはそういう男だ。それこそが俺が旅の間信頼し、尊敬した人類最強の武闘家ダナンなのだ。

「行くぜギデオン！　お前が俺の全力を見切っているというのなら、俺はお前にそれ以上の俺を見せてやる！」

「ははっ、暑苦しいやつだな！」

「尊敬する相手がこれほどまでに俺の武を理解し、そして立ち向かってくれるんだぞ！　これで燃えなきゃ俺じゃねぇ！」

「来いダナン！　俺は俺の人生をもってお前の武と渡り合ってみせる!!」

ダナンが走った。

俺は防御の構えを取り、ダナンの動きを注視する。

研ぎ澄まされた精神にダナンが繰り出してくるであろう技が無数に見えた。

ダナンが近づくにつれて、無数の可能性が１つへと集束していく。

上段突きからの武技：斧《おの》蹴《げ》り。さらに震脚を挟み、ゼロ距離からの中段。

対するは、前傾姿勢による回避、中段蹴り、飛び退きながら剣で脚を狙い震脚を不発させ、勢いを削《そ》がれたダナンの攻撃へ、斬り上げで反撃。

「……っ!!」

俺の斬り上げをダナンは紙一重で回避する。

追撃をしたいところだが、ここで一歩踏み込んだらやられるのは俺の方だ。

俺達は一呼吸の間静止し、弾けるようにお互い間合いを取った。

＊　＊　＊

気がつけば俺は、砕けた川辺の石の中に埋もれていた。

「ふぅ……」

手合わせ開始から3時間27分後。

一度も休憩を挟むこと無く戦い続け……そして俺はダナンの拳を受けて吹き飛ばされ敗北した。

「イタタ……やっぱり直撃は耐えられなかったか」

もしマーシフルポーションがなければ俺は死んでいた。

やはりダナンは強いな。

「ギデオン」

ダナンの無骨で大きな手が俺の前に差し出された。

「ありがとよ、楽しかったぜ」

「ああ、俺も久しぶりに戦いを楽しいと思ったよ」

俺はダナンの手を握る。

ダナンは俺の身体を引き起こし、白い歯を見せて笑った。

「やっぱりお前は強《つえ》えよギデオン」

「もう加護レベルも差が開いていたが、落胆はさせなかったかな」

「当たり前だ、最初に出会った頃から今日までお前は俺が尊敬する数少ない男の1人であり続けているぜ」

俺はまだ足が震えている。

ダナンに肩を借りてようやく歩ける有り様だ。

「俺は」

俺に肩を貸すダナンが、前を向いたまま言葉を言った。

「だろうな」

「スローライフってのがよく分からん」

「だからお前とこうして手合わせしたかったんだ。俺は戦うことしか能が無いからな」

「スローライフが何か分かったか？」

「いや、今もさっぱりだ」

ダナンは笑う。

「だけどよ、お前が自分のことを弱いと思い込んで戦うことを止めた訳じゃないことは分かった」

「…………」

「それが分かれば十分だ。お前は俺の尊敬する強い男のまま別の道を選んだ」

「最初はそうじゃなかったさ、俺はルーティの力になることだけを考えて生きてきたから、ゾルタンに来たときには、それはもう弱い人間になってたよ」

「ははっ、良かった。そんなお前を見ていたら思わず殺していたかも知れねぇ」

「ダナンはやっぱり怖いな!!」

冗談なのか本気なのか分からない口調だったぞこいつ。

「そんなボロボロだったお前がこうして俺の尊敬する男に戻れたんだから、スローライフってのも1つの強さなんだろうな」

ダナンは、ダナンなりの価値観で俺のことを理解しようとしてくれている。

「これでこのゾルタンに思い残すことはねぇ」

「そうか」

「ギデオン」

「なんだ？」

「お前は好きに生きろ、ここでスローライフすることがお前の強さだってんなら、死ぬ気で幸せに暮らせ」

「死ぬ気で幸せに暮らせってなんだよ」

「魔王軍のことは俺に任せろ、お前をぶん殴ったこの左腕で魔王軍をぶっ潰《つぶ》してやる」

「……ありがとうダナン」

「礼はいらねぇよ、俺はいつだって戦いたいから戦うんだ、それが俺だ、俺はこういう生き方しかできない人間だ……それが俺の誇りなんだよ」

「そうだな、ダナンのどこまでも折れない強さを、俺も尊敬していた」

「へへっ……」

「あはは……」

俺達は肩を組んだまま、静かな森へと笑い声を響かせた。

* * *

楽しい時間が過ぎるのは早いものだ。

ダナンとの手合わせを終え、俺達はゾルタンへの帰り道を歩いていた。

「ダナン、大丈夫か？」

「おうよ、今日は最高の日だったぜ」

ダナンがフラフラしているのは俺と戦った後、ルーティが次は私が手合わせすると言い出したからだ。

お兄ちゃんの仇《かたき》を取るとやる気になっているルーティに、ダナンも最強と手合わせできると意気込み……文字通りぶっ飛ばされた。

「というかルーティとの特訓で模擬戦できるレッドの凄《すご》さをあらためて実感したぜ」

「別にルーティとの模擬戦は、技を確かめ合う為であって相手を倒すことが目的じゃないからなぁ」

「それでもだ……くそっ、どうやったら勝てるんだ」

ダナンは真剣な顔をしてルーティに勝つ方法を考えていた。

ルーティを相手にして、勝てる方法を探すことができる人間はダナンくらいだろう。

「魔王をぶっ殺したら、また挑ませてもらうぜ」

「うん、いいよ」

ルーティはこくりと頷《うなず》いた。

一緒に旅をしていた頃、ルーティはダナンに興味を持っていなかったが今は違う。

ルーティの口元がわずかにほころび、小さな笑みを形作っていた。

それが俺にとってもすごく嬉《うれ》しい。

「ん」

その時、ルーティが何かに気がついたように北の方角を見た。

「お兄ちゃん、村が襲われている」

「何？」

ルーティの指差す方を見れば遠くに煙が立ち上っているのが見える。

「レッドとルーティは先に向かって、私達も後から追いつくから！」

リットは追い風の魔法を俺とルーティに掛けながらそう叫ぶ。

「分かった！　行くぞルーティ！」

「うん」

俺は快速スキルマスタリー：〝雷光の如き脚〟を使い一気に加速する。

ルーティも速力を上げる魔法を重ねがけ、俺の後ろについて走っている。

遠くに見えた村まで俺達兄妹は数分で駆け抜けた。

「お兄ちゃん、ゴブリンだよ」

ルーティが言った。

村を襲っているのはゴブリンの集団だ。

「少し数が多いな、外から流れてきた集団か」

数は30体以上。

人間の作った武器で武装し、油を使った火炎壺《つぼ》まで用いている。

「どこかの領主に傭兵《ようへい》として雇われ訓練されていたか……扱いきれなくなって追い出されたってところだな」

「迷惑」

「ああ、迷惑だな」

俺とルーティはゴブリン達の背後へ強襲した。

「何ダ!?」

ゴブリン訛《なま》りの強い共通語でゴブリン達は叫ぶ。

槍《やり》で応戦してくるが、ダナンとの手合わせに比べたらあまりに鈍い。

俺達はゴブリン達の間を駆け抜けながら、まともな反撃もさせずに全員を倒すことができた。

「あとは村に入り込んでいるやつら……は、もう倒してあるようだな」

村の方にも腕利きの戦士がいたようだ。

戦いの気配はもう終わっていた。

「驚いたな」

村で戦っている2人の顔を見て、俺は思わず言葉を漏らした。

1人はヴェロニア王国の件でラストウォール大聖砦《だいせいじょう》に赴いていた、ゾルタン聖方教会のトップであるシエン司教。

そしてもう1人、左手で剣を振るう凛々《りり》しい顔の青年。

「アルベール」

「お久しぶりです、レッドさん」

かつての傲慢《ごうまん》で、そして余裕のなかった表情は消え、謙虚でひたむきな表情がその顔に浮かんでいる。

『ザ・チャンピオン』のアルベール・リーランド。

ゾルタンの英雄だった男がそこに立っていた。

*　*　*

「助かりました」

シエン司教は俺達に礼を言った。

「ゴブリンの数が多く、私達2人だけでは負けはしなくとも村への被害を防ぎきれなかったでしょう」

「俺達も偶然近くを通りかかったところだったから、運が良かったよ」

俺達は村の広場でアルベール達と話していた。

ゴブリン達はすべて討ち取り、村への被害は建物が2つ燃えてしまったが、人的被害は無かった。

怪我をした人も数名いたようだが、こちらはすでにシエン司教が治療している。

兵士の駐屯していないこの村で、あの規模のゴブリンの襲撃をこの程度の損害で乗り切ったのはとても幸運だ。

「我々はラストウォールからゾルタンへ戻るところだったのですが、ここにゴブリンが向かっているのが見えましてね……これも神の御慈悲でしょう」

　シエン司教は印を切って神への感謝を捧《ささ》げる。

　会話はアルベールが引き継いだ。

「俺達はゴブリンより先に村へと走り、村人達を守りながら戦っていたのですが、そこにあなた達が来てくれたというわけです」

　アルベールの口調は柔らかい。

　かつての刺々《とげとげ》しい口調が嘘《うそ》のようだ。

「もうすぐ俺の仲間も来ると思う、ダナンがアルベールに礼を言いたがっていたよ」

「ダナンさんが俺に？」

　アルベールは驚き、顔を赤くした。

「それは光栄だな」

　以前のアルベールを知る人達が今のアルベールを見れば、きっと驚くだろうな。

「シエン司教」

　ルーティが言った。

「教会との交渉がどうなったか教えてほしい」

「ええ、ちょうど良いですね、少しあちらでお話ししましょうか」

「お兄ちゃん」

「ああ、いいよ、俺はアルベールと話しているから」

ルーティはシエン司教と共に村長の家へと向かっていた。

ヴェロニア王国との問題に教会が武力制裁をすることが無いための交渉だったが、シエン司教の様子を見る限り成功したのだろう。

「レッドさん」

「アルベールにさん付けで呼ばれるのは慣れないな」

アルベールと最初に会話した時、「さんをつけろ」と文句を言われたっけな。

今となっては懐かしい。

「あはは、あの時はまさか俺の憧《あこが》れた英雄がゾルタンに来ていたとは夢にも思っていませんでしたから」

「しかしテオドラと一緒に魔王軍と戦っていたはずのアルベールが、なんでシエン司教と一緒にゾルタンへ？」

「シエン司教の護衛というのも理由ですが、実はルーティさんとレッドさんに伝えたいことがあって……テオドラさんがゾルタンに来ます」

「テオドラが!?」

「ええ……俺はテオドラさんがゾルタンに着く前に、状況を伝えるために来たんです」

アルベールは深刻な顔をしてそう言った。

テオドラがゾルタンに？

ダナンとの別れのための手合わせをした日に、テオドラがゾルタンに来ることを伝えられるとは……。

めぐり合わせとは不思議なものだ。

＊　＊　＊

ゾルタンに戻った俺達は、シエン司教と別れルーティの住んでいる屋敷へと向かった。

部屋には俺、ルーティ、リット、ヤランドララ、ティセ、ダナン、そしてアルベールがテーブルを囲んでいる。

「まさかこんなに早くアルベールと再会できるとは思っていなかったぜ」

ダナンは嬉しそうに笑った。

一方のアルベールはダナンがなんで喜んでいるのか分からず困惑している。

「あんときはちゃんと礼を言う暇が無かったからな」

ダナンは立ち上がると頭を深々と下げた。

「ありがとう、お前は命の恩人だ」

「だ、ダナンさん、そんな俺なんかに……！」

「お前がいなければ俺は死んでいた、この恩は生涯忘れねぇ」

ダナンの態度に、アルベールは焦り混乱している。

ダナンは人類という巨大なくくりの中でもトップにいる英雄だ。

英雄に憧れるアルベールにとって、最大の英雄が自分のことを命の恩人だと感謝し、頭を下げているという状況は理解するのに時間がかかることだろう。

だが、ダナンは感謝も怒りも思いついた時に伝えるタイプの人間なのだ。

そこに相手が強いか弱いかは関係ない。

ダナンはアルベールを心から賞賛し、感謝していた。

「よし、礼は言った」

自分の気持ちを伝えた後、ダナンは満足した様子で椅子に腰掛けた。

アルベールはそんなダナンに呆気《あっけ》にとられているようだ。

俺は思わず笑ってしまった。

「ごほん」

気を取り直すように、アルベールは咳払《せきばら》いを1つすると話し始めた。

「俺がゾルタンに戻ってきたのはレッドさんとルーティさんに伝言を預かったからです」

「伝言？　テオドラからか？」

俺の言葉にアルベールは頷《うなず》いた。

「はい、今はエスカラータと名前を変えていますが」

やはり仮面の傭兵《ようへい》エスタの正体はテオドラか。

「あまり驚かないんですね」

「新聞で読んで、これほどの活躍ができる人間はテオドラくらいしかいないと予想していたんだ」

「さすが皆さんです」

「それで、テオドラ……いやエスカラータはなんだって？」

「…………」

「どうした？」

「いえ、どう説明すればいいか少し悩んでしまいまして」

アルベールは眉間《みけん》にシワを寄せ悩んでいる様子だ。

「そんなに複雑な状況なのか？」

「……そうですね、俺もどこまで把握できているのか不安です」

「じゃあまず起きていることだけ教えてくれ、それから分からないところを質問していこう」

俺は騎士団時代に上手《うま》く報告できない部下を教えた時の言葉をアルベールに言った。

「分かりました……」

アルベールは言葉を一度きり、息を吸った。

「新しい『勇者』が現れました、『勇者』の名はヴァン・オブ・フランベルク。新しい『勇者』は魔王の船ウェンディダートを手に入れるため、このゾルタンへと向かっています」

聞きたいことはいくらでもあったはずなのに、俺達はアルベールの言葉をすぐには理解できず、ただ黙っていることしかできなかった。

幕《まく》間《あい》

勇者は悪を討つ

交易都市ラークの港にある酒場『金《きん》の鹿皮亭《しかがわてい》』。

船乗りや冒険者達で賑《にぎ》わう店内の中央に1人の少年が座っていた。

勇者の剣である降魔《ごうま》の聖剣のレプリカを腰に差し、身にまとう鎧《よろい》の胸には赤い勇者の紋章が刻印されている。

少年は酒場の喧騒《けんそう》をキョロキョロと楽しげに見回している。

「すごい騒ぎだね、修道院の外に出てから僕は何度も驚いているよ」

「みんな楽しそうね！」

1人でいるはずの少年から、甲高い女性の声がした。

よく見れば、少年の着ている鎧の胸当てに座る小さな人影がいる。

「ねぇヴァン、もしかして今日の人間達はお祭りなのかしら？」

小さな人影はそう言うとヴァンの胸元からヒラリと飛んだ。

その人影の正体は妖精《ようせい》。

「ラベンダ、外に出たら危ないよ」

「ありがと！　でもヴァンが守ってくれるでしょ？」

「もちろん、僕にできる限りの力で君を守るよ」

「いやーん」

　頰を赤くしてクネクネと身悶《みもだ》える彼女の名は、ラベンダ。

　ジャングルに住んでいた妖精ラベンダは、ヴァン達のために森の秘宝を守るベヒモスのところへの案内役としてヴァンのパーティーに加わり、秘宝を手に入れた後もヴァンと一緒に旅を続けたいと真の仲間になったのだった。

「ラベンダは一緒に正義のために戦った仲間だから。邪悪な魔獣ベヒモスを倒せたのもラベンダがベヒモスの弱点を教えてくれたからだよ」

「うふふ、私はヴァンのためだったらなんだってしちゃうんだから」

　ラベンダはヴァンの肩へと着地すると、小さな唇でヴァンの頰へとキスをした。

　ヴァンはうぶな少年らしい表情で顔を赤くする。

　ヴァンの仕草を見てラベンダはますます嬉《うれ》しそうにヴァンの頰へ抱きついていた。

　その時、ガシャンという大きな音がした。

「てめぇ、さっきから何をニヤニヤしてやがる!!」

　怒鳴り声と共に男が立ち上がる。

毛皮の服を着た虎ひげの男だ。

酔った男にすごまれているのは灰色に染められたレザーメイルを着た男。

虎ひげの男の怒りを受けて、それでもレザーメイルの男は口元にニヤニヤとした表情を浮かべている。

酒場でよくある喧嘩《けんか》。周りの荒くれた酔っぱらい船乗り達も、これから起こる騒ぎを期待して囃《はや》し立てている。

「おいこら！　なんとか言いやがれ!!」

虎ひげの男がレザーメイルの男の胸ぐらを摑《つか》んだ。

「こ、こ、これで正当防衛だ」

「あ……」

肉を引き裂く音がして、真っ赤な血が床を汚した。

囃し立てていた船乗り達が静まり返る。

レザーメイルの男の手には小さいが細く鋭いナイフが握られていた。

「お、お、俺は『殺人鬼《マンスレイヤー》』の加護持ちなんだ。た、た、たまに人を殺さなけりゃ収まらないんだ」

それからレザーメイルの男は周りを見回す。

「こ、こ、こいつのお友達はいないのか？　か、か、仇《かたき》をうつため俺に襲いかかってはくれないか？」

レザーメイルの男は顔をクシャクシャに歪《ゆが》めて笑っていた。

「『殺人鬼《マンスレイヤー》』か」

ヴァンが席から立ち上がる。

「ヴァン、やっつけるの？」

「うん」

次の瞬間。

「え？」

レザーメイルの男は視界がくるりと回ったことに驚き、間の抜けた声を発した。

続けて何かしゃべろうとしたが、それ以上声は出ない。

やがて床が目の前に迫ってくるのを見て、男は自分の首が斬り落とされたことに気が付き、そして死んだ。

「悪は去った」

ヴァンは剣を納めながらつぶやく。

『勇者』として、悪を排除するのは当然。ヴァンは自分が殺した相手を一瞥《いちべつ》することもなく、自分の席へと戻った。

「ひぃぃぃ!?」

酒場の客達は悲鳴を上げ店から逃げ出していった。

店主はそれを咎《とが》めることもできず、カウンターの奥で震えている。

ヴァンはそんな様子を眺め頷いた。

「かわいそうに、『殺人鬼《マンスレイヤー》』がよっぽど怖かったんだな」

「うんうん」

「こんなことなら喧嘩が始まった瞬間に殺しておけば良かったね」

「確かに！　ヴァンの言う通り！」

静かになった酒場で、ヴァンとラベンダは楽しそうに飲み食いを続けていた。

「一体これはどうしたことだ？」

「エスタさん！　リュブさん！」

店に入ってきた仮面の騎士が叫んだ。後ろにいる大男は神妙な顔をしている。

ヴァンは情報収集のため別行動を取っていた2人と合流できたことで、嬉しそうに笑った。

仮面の騎士エスカラータとリュブ枢機卿《すうききよう》。

妖精ラベンダを加えたこの4人が、ヴァンの今のパーティーだ。

「人が2人も死んでいる、ここで一体何が起こったのか説明して欲しい」

エスタの声には、ヴァンを非難する感情がはっきり表れていた。

「ヴァンは『殺人鬼《マンスレイヤー》』をやっつけただけよ」

ラベンダの声にはトゲがある。ラベンダはヴァンを慕っているだけで、エスタとリュブの2人には懐いていない。

「はい、ラベンダの言う通り、『殺人鬼《マンスレイヤー》』が殺人を行ったので、僕が殺しました」

「……なぜ『殺人鬼《マンスレイヤー》』はその男を殺した？」

「はい？」

エスタの問いにヴァンは首を傾げた。

「それは重要なことなんですか？」

「なぜこの戦いが起こったのか、殺意の理由を知ることは重要だろう？　それにあの程度の相手、君なら殺さずに取り押さえることくらい簡単だったはずだ」

「そうですね」

「だったらまずは取り押さえ、事情を聞き、それから衛兵に引き渡すか、それともここで殺すべきか判断しても良かったはずだ」

ヴァンはキョトンとした目でエスタを見た後口を開く。

「なぜそんなことを考えるんです？　彼は『殺人鬼《マンスレイヤー》』ですよ」

「だがここにいるのは人だ。人は加護の衝動のみで生きるのではない、そこには人の意思がある。そのことを忘れてはいけない」

「うーん……」

エスタの言葉を理解しようとヴァンは考え込んだ。

そして。

「なるほど、エスタさんは勘違いしていますね」

「何？」

「ああ、いえ、エスタさんが間違っているとかそういうことを言いたいのではないんですよ」

ヴァンは悪意のない表情で笑う。

「僕は人を殺した彼が憎かったわけでも、自分の身を守りたかったわけでも、彼がこれ以上誰かを殺すことを防ぎたかったわけでもないんです」

「……それはどういう意味だ」

「だって彼の加護はデミス神から与えられたものでしょう？　だから彼が人を殺すことは神様が彼に与えた役割です。彼の行為には何の罪も悪意もありません」

「…………」

「『勇者』の剣を私欲のために使うことは不善です。僕の戦いはいつだってデミス神に捧《ささ》げるためのもの、何の罪もない人々を殺した『殺人鬼《マンスレイヤー》』が憎いから殺すなんて、私欲のために振るったりはしません」

「ならばなぜ殺した？」

『殺人鬼《マンスレイヤー》』のような加護の役割は、別の誰かに討たれるためにありますよね。だから僕は、彼の役割を全うさせるために殺したんです。彼もまた忠実なデミス神の下僕でした、彼を殺した時に感じた僕の『勇者』の成長は彼が加護の与える役割に忠実だった証《あかし》です。どうして憎むことができますか？」

　ヴァンは両手を組み、濁りのない透き通った表情で祈る。

「僕はあなたの人生を愛し祝福します。よくぞ『殺人鬼《マンスレイヤー》』として僕のもとへとたどり着いてくれた、あなたの人生によって成長した僕の『勇者』は必ずや世界を救うでしょう」

「……ヴァン、お前は」

　エスタの言葉をリュブ枢機卿の大きな手が遮った。

「それでこそ『勇者』です」

「だよね、さすがヴァン！」

　リュブとラベンダが『勇者』ヴァンを肯定し、賞賛する。

「僕なんてまだ魔王軍と戦ったこともない駆け出しの『勇者』だから……きっと『勇者』ルーティの方がずっと素晴らしい信仰者の在り方を体現しているよ」

　ヴァンは照れ笑いをして少しうつむいた。

　少年らしいその仕草にラベンダとリュブも笑う。

ただ1人、エスタは笑わず肩を落としていた。

（ルーティとヴァン。同じ『勇者』で、ここまで在り方が違うものなのか）

血と腸《はらわた》と酒と料理の臭いが交じる酒場で楽しそうに笑う『勇者』ヴァン。

エスタは仮面の下で眉《まゆ》をひそめ、彼らとの旅をはじめてから何度吐いたか分からない溜《た》め息をまた吐いたのだった。

第二章　ロングバケーション

ゾルタン、ルーティの屋敷。

俺、リット、ルーティ、ティセ、ヤランドララ、ダナン、そしてアルベールが集まって朝食を食べている。

「やっぱりレッドの作る飯は美味《うま》いな！」

「うん、お兄ちゃんの料理はいつも美味《おい》しい」

ダナンとルーティは料理を口いっぱいに頬張って楽しんでいる。

いつものルーティはもっと上品に食べていたと思うんだが、ダナンにつられてしまっているようだな。

だけど今のルーティも食事を全力で楽しんでいてとても可愛い。

『勇者』であった頃のルーティにとって食事は有力者との交渉の場でしか無かった。

成長した『勇者』の加護はあらゆる耐性を与える。『勇者』が飲水や食料が無い程度のことで倒れることは許されないのだ。

『勇者』ルーティの身体は常に最高のコンディションを保っていた。食事を食べることはできても、その栄養が体に影響を及ぼすことはない。

常に満腹状態で食事をしているようなものだとルーティは言っていた。味は分かっても美味しいという感情や食べたいという欲求につながらない。

今はルーティに生まれた『シン』という加護の力で、そういった人間性を奪うような耐性は無効化している。

しかし……『シン』のスキルはルーティを『勇者』の加護から解放するのにあまりにも適している。自分のスキルを無効化できる加護なんて、まるで『勇者』の加護から解放されたいというルーティの望みが形になったようなものではないか。

加護は至高神デミスから与えられるもの。そこに人間の望みが入る余地はない……少なくとも記録に残る限りはそれが真実だった。

おそらくルーティの『シン』は神から与えられたものではない、ルーティ自身から生まれたものだ。

それはすべての人間には生まれつき神から加護という役割を与えられるという、この世界のルールの根本を変えてしまう力である。

「ごちそうさま」

食事を終え、行儀よく口をナプキンで拭《ぬぐ》っているルーティは普通の少女にしか見えない。

ルーティに世界のルールから外れた加護が宿ったこの世界で、史上例のない２人目の『勇者』が現れた。

一体何が起こっているのだろうか……しかし何が起ころうとも、俺がルーティの味方であることにかわりはない。

「さて朝食も終わったところで」

俺は周囲の仲間達を一度見回してから言葉を続ける。

「『勇者』の話をしよう」

俺の言葉に、全員は表情を引き締め頷《うなず》いた。

「アルベール、もう一度確認させてくれ」

「はい」

「聖方教会は勇者ヴァンを『勇者』だと認めたんだな？」

「ええ、枢機卿のリュブが後見人となり、『聖者』の加護持ちによる〝鑑定〟も行われています。クレメンス教父による公認も行われました」

「聖方教会のトップからも認められたのか……なら教会が信じる理由は少なくともあるのだろうな」

「そうですね、ルーティさんはどの組織にも属さない勇者でしたが、ヴァンは聖方教会の司祭として認められ教会に属する勇者として活動するようです」

「教会の勇者か……」

そう言葉にした俺の脳裏に不安がよぎった。

正義の体現者である勇者がいるという大義名分の前には、どのような無法も正当化される。特に聖方教会は大陸最大の組織であり、教会が暴走したら止めることができなくなるだろう。

……いや、今そんなことを気にしていても仕方がない。勇者の旅を降りた俺が文句をつける権利はないだろう。

「ヴァンはフランベルク王の末子。アヴァロニア王国領内の修道院で修道士として暮らしていたところ、リュブ枢機卿に見いだされたそうです」

「枢機卿に見いだされたねぇ……『勇者』の加護持ちなら魔王軍との戦いに参加しろってんだ。もう１人『勇者』がいれば、２つの拠点を同時に攻略できたりとか、作戦の幅も広がったろ」

ダナンが不満そうに言った。

「俺達がラストウォール大聖砦《だいせいじょう》に行ったのがもう3年前か」

「テオドラと出会ったのもその時だった、懐かしい」

ルーティが懐かしそうに言って言葉を続ける。

「あの時すでに教会がヴァンのことを認知していたのだとしたら、勇者が２人いるという異常事態に何かしらの反応があったはず……でもそういった兆候は見られなかった」

「俺もそう思う。ルーティの言う通り、あの時点では勇者ヴァンのことを教会は知らなかったのだろう」

つまりはルーティが戦っている間、勇者ヴァンは戦火から離れた土地で平和に暮らしていたということだ。

「しかしなぁ、そう考えるとアルベールから聞いたヴァンの性格と合わないんだよな」

俺は首をかしげる。

アルベールから聞いたヴァンの性格は忠実な信徒であり『勇者』の役割を厭《いと》うとは思えない。

もしヴァンが『勇者』だというのなら、戦火に巻き込まれ戦うしか無くなってから旅立ったルーティと違い、魔王軍が上陸した時点で動いているのが自然な気がする。

もちろん、俺は勇者ヴァンと直接会っていないから確実な事は何も言えないが……。

「まぁ今はそんなこと考えても仕方ないだろ」

ダナンが俺の思考を断ち切った。

「問題はその勇者ヴァンってのがこのゾルタンに来ちまうってことだろ？」

「その通り、問題はそこよね」

リットも同意する。

「ルーティが勇者を辞めたことについて教会はどれくらい把握しているの？」

ヤランドララに尋ねられ、アルベールは首を横に振った。

「俺の聞く限りは何も……もともと勇者の戦いについては戦争に参加している時くらいしか情報が伝わっていませんでしたから」

「そうよね、噂によるデマ情報も多いし、勇者の足取りを正確に把握している人は当人達だけでしょうね」

「ただあと半年も経てば異状に気がつく人もいると思います」

「そうなっても、まず考えるのは勇者が志半ばで倒れた可能性だろうな」

個人の力で各地を転戦し、大陸規模の戦局を覆す。

いかに加護の種類とレベルによって個人の戦闘能力が大きく変わるとはいえ、普通に考えればありえない作戦だ。

それは一騎当千ごときでは全く足りない。

世界を滅ぼすほどの力でもまだ足りない。

世界を滅ぼす大軍勢を相手にたった1人で勝利する……それが勇者に求められる強さなのだ。

「途中で倒れて当然、誰も不思議には思わないだろう。だから俺も、訪れた国の王達には俺達がいなくなった後は勇者がいることを前提に行動しないよう言ってきた」

「レッドはロガーヴィアでも言ってたよね、勇者がいなくなった後は自分達で戦えるようにならなくちゃいけないって」

リットは懐かしそうな表情で微笑んだ。

「そういうわけだからルーティがこのゾルタンにいる限り問題になることはないと俺は考えていた……だけど新しい勇者がゾルタンにやってくるとなると話は別だ」

勇者ヴァン、それにリュブ枢機卿《すうききょう》。

「リュブ枢機卿はルーティや俺の顔を知っているだろう。話してはないが、ラストウォールで顔を合わせている」

リュブ枢機卿は身長2メートル30センチほどもある大男で教会の幹部達の中でも一際目立っていた。

まぁ枢機卿はどれも個性強そうな人しかいなかったが……。

「出会ってしまったらまずいことになるだろう」

さてどうするか……。

「それなら」

ヤランドララが手を挙げて発言した。

俺は続けて欲しいと促す。

「レッド、リット、ルーティは休暇を延長しない？　ゾルタンから離れた村で勇者ヴァン達が目的を果たすまでのんびりしているの」

「のんびりか……ふむ」

「レッドのお店とルーティの薬草農園は私とティセで見ておくから、長めの休暇だと思って楽しんできて」

確かにヴァンと俺達が会わなければいいのだからそれが一番安全な方法か。ヴァンの目的は座礁している魔王の船ウェンディダートで、船を回収すればすぐにでもゾルタンを出ていくだろう。

このゾルタンは何の戦略的価値もない辺境、勇者がここにいる理由はないのだから。

「そんじゃあ俺もゾルタンに残るとするか」

「ダナンも？　だがダナンはリュブ枢機卿に顔を見られているはずだぞ」

「もちろん会うつもりはねぇ、だがどうも嫌な予感がしやがる」

「……マジか、ダナンの予感は当たるからなぁ」

俺が渋面を作ると、ダナンは笑った。

「まっ、俺とヤランドララとティセの3人がいれば大概の相手はなんとかなるだろ。それに出会っちまっても、俺が勇者のパーティーを追い出されたと言って通じる理由もここにあるからな」

そう言ってダナンは自分の右肩を叩《たた》く。

利き腕を失った『武闘家』……確かに戦線を離脱するのにこれほど分かりやすい理由もないだろう。

「でも今のダナンの方が昔のダナンより強い」

そうぼそりとつぶやいたルーティを見てダナンは驚いて口を開け、それから声を出して笑った。

＊　＊　＊

翌日、夕方。

ゾルタンから川をさかのぼること1日、距離にしておよそ40キロメートル。

渓谷にある村の名はセントデュラント村。

ゾルタン開拓時代に活躍した英雄的木こりのデュラントという男が没した地らしい。

戦争の英雄ではなく、ヒルジャイアント《丘の巨人》の襲撃で家と薪《まき》を失った開拓民のために、木々を次々と伐採して運び、開拓民を冬の寒さから救った力自慢の木こりの英雄である。

なんとなくゾルタンらしくて好感が持てる。

「んー、のどかなところだね」

川沿いの道の先にセントデュラント村が見えてきた。

緩やかな山の斜面に段々畑と、木造の家々が見える。

「渓谷の間の村というからもっと秘境みたいなところを想像していたのに」

「夏の間、旅好きな貴族の避暑地として使われるみたいだな、ゾルタンから離れた田舎であることは確かなんだけど結構整備されているみたいだ」

英雄ゆかりの地で過ごす夏、たしかに貴族が好きそうな土地だ。

ゾルタンから距離があり、行商人も滅多《めった》にこない土地ながら、貴族達が様々な品物を持ち込むことで、辺鄙《へんぴ》ではなくのどかと形容すべき村へとなったのだろう。

「お兄ちゃんもこっちには来たこと無いんだね」

「薬草を採りに行くならこっちじゃなくて、いつもの山に行くからなぁ」

俺達は雑草の生えた街道を進む。

見えてきた村のモンスター対策の柵《さく》は比較的立派だ、貴族が援助したのかも知れない。

「おや、旅人さんかい？」

柵の入り口に立つ見張り台には村の男がいた。

「ああ、しばらく滞在したいんだが」

「この時季に旅人が来るとは珍しい。宿の準備もできていないだろうが、まぁ泊まることはできるだろう」

男の口調から旅人慣れしていることが分かる。

「宿に行くにはどうすればいい？」

「一応広場の酒場が宿も併設しているが、馬小屋の一角と毛布を一枚借りられるだけだ」

騎士だった頃にそういう宿も使ったことはあるが……それじゃあせっかくの休暇が台無しだ。

「あはは、だったら宿よりも、道なりにまっすぐ行って広場に出たら看板の案内通りに進んでコテージを借りるといい。コテージの管理はラリー爺《じい》さんがやっているから話してみてくれ」

「コテージか……良いな。ありがとう」

「荷物を置いたら暇つぶしにでも広場の雑貨屋で何があるかチェックしたほうがいいぞ、ここじゃあ手に入るものは限られているからな」

「なるほど、あとで寄ってみるよ」

「それじゃあ良い滞在を」

男は笑って俺達を村の中へと入れてくれた。

＊　＊　＊

「すごい、砂利が敷いてあるよ！」

　リットが楽しそうに言った。

　この規模の村で土を踏み固めただけの道ではなく、ちゃんと整備された道があるのは珍しい。

「そういえばこういう観光地的な村って俺も来たこと無いな」

「魔王軍との戦いで重要になることがなかった」

　俺の言葉にルーティも頷《うなず》いて答える。

「私も、ロガーヴィアにある巡礼地みたいな大きな名所には行ったことあるけど、こういうところは初めて！」

「数え切れない冒険をしてきた俺達なのに、こんなにも近くに新しい体験があるとはな」

「面白いよね！」

　俺達は明るい声で笑った。

　円形状に砂利が敷かれた広場の中央には斧《おの》を担いだ英雄デュラントの石像が凛々《りり》しい顔で立っていた。

　全身筋肉に覆われた超マッチョだ。大理石ではなく普通の自然石だが、丁寧に仕上げられている。

　この筋肉を表現できる石工はなかなかの凄腕《すごうで》だ。

「見て見て！　ここの板に解説が彫られてる！」

「どれどれ」

英雄デュラント（姓不詳）。

数え切れないほどの丸太を運び、家なき人々と凍える人々、そしてモンスターに怯《おび》える人々を救った。

すべてはその溢《あふ》れんばかりの筋肉によって。

究極のマッチョメン。筋肉は美しい。

「石工は筋肉フェチだったのか……道理で筋肉の表現に迫力があると……」

「芸術は情熱だね」

リットは色んな角度から石像を眺め、うむうむと頷いている。

お姫様だから芸術も分かるのだろう、さすがリット。

「でも私はレッドくらいの筋肉の付き方が好きかな」

「うぐ」

不意打ちに変な声が出た俺を見て、リットはニヤニヤと笑っていた。

まったく！

＊　＊　＊

この村では1つの宿屋があるのではなく、未使用の家屋が宿泊用コテージとして用意されている。

ゾルタンの貴族や裕福な商人はここに使用人も連れて泊まってのんびり過ごすらしい。

「こんな時季に旅人さんとは珍しいことですのう、これが部屋の鍵《かぎ》になります」

俺はラリーさんから真鍮《しんちゅう》の鍵束を受け取った。

ここはラリーさん夫妻が管理しているらしい。

観光業は村の仕事を引退した人の再就職先でもあるようだ。

自給自足を基本としつつ、観光業によって福祉やインフラを充実させる。

今の村を形作ったのが何代前の村長かは分からないが、きっと優秀な人だったのだろう。

「それとも経済の教育を受けた貴族か商人が手伝ったのかもね」

「かもな、ともあれお陰で快適な長期休暇を楽しめそうだ」

「森で特訓キャンプが終わったら次はコテージで優雅に休暇……面白いことばかり」

勇者ヴァンという不安もあるが……今を楽しむことにしよう。

俺達は管理小屋からさらに奥へと歩き、緑豊かな木々に囲まれて立つコテージへたどり着いた。

「へぇ、なかなか良いじゃない」

リットが嬉《うれ》しそうに言った。

「中はどうかな」

俺は鍵を差し込みコテージの扉を開ける。

高価なものはないが実用的な家具や調理器具、そして温かみのある木彫りの小物。

内装も王都の貴族向け高級宿のような難しい工夫は無くとも、使いやすさを第一に目を楽しませて明るい雰囲気にするよう窓の位置など工夫がされている。

「とても良いところ」

ルーティは玄関ホールに入ると、パタパタと走り回り部屋を見て回る。

「寝室が3つ、洗面所にお風呂《ふろ》、キッチン、ダイニング、リビング、掃除用具が入った倉庫はこっち……あ、庭に野外ダイニングもある」

「中々広いな」

「寝室の1つは使用人用だと思う。キッチンにつながっていて、その裏には水瓶《みずがめ》と洗濯所があったよ」

「ふーむ、どうする？　せっかく3部屋あるなら1人ずつ使うか？」

「「やだ」」

リットとルーティは口を揃えて即答した。

というわけで、俺達は部屋が3つあるのにもかかわらず1つの寝室で眠ることに決まったのだった。

＊　＊　＊

コテージを借り、荷物を置いた俺達は村の広場へと戻る。

話にあった雑貨店を覗《のぞ》いてみるためだ。

「いらっしゃい、待っていたよ」

雑貨店では初老くらいの女性が俺達を出迎えた。

すでに俺達がコテージに泊まることは伝わっているようで、突然の来訪者に驚く様子はなく、ニコニコと応対してくれた。

店は机の上に載った籠《かご》の中に野菜を中心とする食材が、壁際に置かれた二段組の棚には蝋燭《ろうそく》や石鹸《せっけん》、鍋《なべ》やフライパンなどが置かれている。

また壁の一際目立つ所にはミスリル銀製のホットサンドメーカーが飾られていた。あれは食材がこびりつかない優れものだ。

「うちの村は肉が無くてね、川魚の干物で良ければあるけれど」

「川魚の干物か……美味《おい》しそうだな、それをもらおうか」

俺は他にも食材を色々と買い込んだ。

野菜は種類こそ少ないがどれもしっかりと育っていて、料理をするのが楽しみだ。

「ねぇ蠟燭も買っていかない？」

雑貨を眺めていたリットが言った。

「蠟燭？　明かりならアイテムボックスに入ってるけれど」

「でも蠟燭の穏やかな明かりで夜を過ごすというのも風情があると思わない？」

「確かにそれも風情がありそうだな、よし買おう」

必要な雑貨は持ってきているのだが、この村で作られた物を使うというのも悪くない。

「2種類蠟燭があるけど？」

「片方は実用、片方は鑑賞用だよ」

お店の女性がそう説明してくれた。

「じゃあどっちも買うか」

鑑賞用蠟燭とは一体どういう物か、楽しみだ。

「ありがとね」

ニコニコ笑う店主に見送られ、俺達はコテージへと戻った。

コテージに着いた頃には、もうあたりは暗くなり空には星と月が見えていた。

　早速買ってきた蠟燭を燭台《しょくだい》にセットする。

「鑑賞用を１本試してみるか」

　俺は蠟燭に火を灯《とも》した。

「すごい、炎の色が紫色だ！」

　リットとルーティは目を輝かせて蠟燭に見入っている。

「ふむ、何かを混ぜているんだろうな、面白い」

「でも全然明るくないね」

「そこは暗い中で灯して楽しむ鑑賞用だな」

　俺は笑って紫色の炎を吹き消すと、普通の蠟燭をセットし火を灯した。

「んー、匂いは無いね」

「獣脂から作られている蠟燭ではなさそうだ」

「町から離れた小さな村なのに、色々と行き届いているねぇ」

　リットは感心している。

「楽しい休暇になりそう！」

　楽しそうなリットを見て、俺も一緒になって笑った。

＊　＊　＊

「さて、晩ごはんは何を作るかな」

コテージのキッチンに立ち、俺は雑貨屋から買ってきた食材と家から持ってきた調味料を前に考える。

イワナ、ヤマメなど色々な川魚の干物がある……。

「今日はアユの干物と、トマトを使うか」

俺は持参した包丁《キッチンナイフ》を手に料理を始めた。

「まずはサイドメニューから作っておくか」

ポテトのオーブン焼きは、じゃがいもを切ってチーズを載せてオーブンへ。

野菜スープは、オリーブオイルで野菜を炒《いた》め、鍋に入れて煮込む。

サイドは全員分を一回で作れるメニューにしておくのが良い。

さてメインディッシュを作ろう。

ニンニクを刻み、フライパンにオリーブオイルを引いて炒める。

次にアユの干物を投入し焼く……アユの良い香りが胃袋を刺激する。

「んー、良い香り！」

「わくわく」

ダイニングにいるリットとルーティが騒いでいる。

俺の料理を待つ腹ペコ2人のために、美味しい料理を作らなければ。

決意を新たに、下ごしらえをしたトマトを入れる。

塩で味付けして蓋《ふた》をして蒸し焼き。

頃合いを見て蓋を外し、ハーブの粉末をひとつまみ入れてできあがり。

「アユのトマト蒸し完成」

まずアユを取り出し皿に盛り付けた後、残ったスープ状のトマトを上から掛ける。

干物のアユをトマトの水分で蒸し焼きにしたことで、ふっくらとした焼き上がりになっている。

トマトの赤色に彩られたアユが、我ながらいい感じだ。

ふむ、緑のパセリも添えておこう。

「よし、残りも作るか」

俺はリットとルーティの顔を思い浮かべながら、料理を続けるのだった。

*　　*　　*

ダイニングのテーブルには、俺の作った料理が並んでいる。

「いただきまーす！」

「いただきます」

リットとルーティは元気よくそう言ってから料理に手を付けた。

「「美味しい！」」

幸せそうに俺の料理を食べる2人。

「ふっくらしてる」

アユを食べたルーティの目がキラキラと輝いて見えた。

その姿を見ていると、今日も料理を作って良かったと俺まで嬉しくなる。

さて俺も食べよう……うん、美味しくできたな。

夕食は笑顔が絶えず和やかに進んだ。

幸せな時間だった。

夕食を終え、それから俺達は庭へと移動し夜風を感じながらのんびりと過ごしている。

「この蠟燭、帰りにもっと買って帰ろうか？」

テーブルに置かれた燭台の上でゆらぐ紫の炎を見てリットが言った。

夜を照らすには足りない光……しかし、その光はとても幻想的で美しい。

「そうだな、勇者ヴァンがゾルタンから離れたら、ティセとヤランドララにも見せたいな」

「うげうげさんも喜びそう」

ルーティはゾルタンにいる友達に思いを馳《は》せ、穏やかに笑っている。

「勇者ヴァンか」

「テオドラ……いえ今はエスタだったわね。エスタの予想ではあと1週間以内にゾルタンに到着するんだっけ？」

リットの言葉に俺は頷《うなず》いた。

「到着したらウェンディダートを回収か。勇者と枢機卿《すうききよう》の命令ならゾルタン当局も断れないし、そもそもあの船をどうこうできるだけの技術者がゾルタンにはいない」

「あんな大きな船をどうやって動かすのか分からないけど、ベヒモスの指輪ってのがあるならすぐなんでしょ？」

「ベヒモスの指輪は少女が巨人の住む屋敷を運んだという伝説に登場するマジックアイテムで、伝説によれば筋力と運搬能力を同時に増加させる魔法がかけられているようだな。筋力が上がった上に運搬能力が何十倍になることで、とんでもない重量のものを運べるようになる」

「でもそれで、あの巨大な船を運べるの？　巨人の屋敷どころじゃないよ」

「多分、魔法共同化《コミュナルマジック》の霊薬《エリクサー》を使うつもりなんだろう。自分にかかっている魔法の力を一時的に他人に分け与える霊薬《エリクサー》だ。ベヒモスの指輪の力を分け与えて海まで運ぶつもりだろう」

「伝説級マジックアイテム効果の複製というと、ランク5の霊薬《エリクサー》よね？　それを大量に？　ロガーヴィアでも国庫が吹き飛ぶわよ」

「大陸最大の組織である教会の全面バックアップが無いとできない作戦だな」

ルーティのために俺は貯蓄していた財産を使って旅をしたが、教会はさすが桁《けた》が違いすぎる。

「早めに済ませてゾルタンから出ていってくれるのはありがたい」

　ルーティが言った。

「そうだな、ノープランでゾルタンに来てからどうやって運ぶのか悩まれても困る。俺達にとっては悪いことじゃない」

「それに『勇者』の衝動の厳しさは私が知っている。教会の思惑に従うことよりも『勇者』の正義に従わされるはず」

　確かにルーティの言う通りのはずだ。

「だから、今はこの時間を楽しみたい」

「そうだな、よし蜂蜜《はちみつ》ミルクでも作ろうか。この間のジャイアントビーの蜂蜜がまだ残っているぞ」

「やった」

何事もなくこの平穏が続けばいい。

俺達はそう思いながら、のどかな夜を楽しんでいた。

＊　＊　＊

同時刻、アヴァロニア大陸南部の島。

草一つも生えない荒れ果てたその島には、闇の四竜の一種である塩竜《ソルト・ドラゴン》達が住んでいる。

かつては妖精《ようせい》達が住んでいて、花が咲き乱れる楽園のような島だったのだが、先代魔王の時代に暗黒大陸から渡ってきた塩竜達が侵略し、今のような荒廃した島へと変えてしまった。

「塩竜とは停滞と破壊を司《つかさど》る竜。そのブレスはあらゆるものを錆《さ》びつかせ、また土壌を塩で汚染し文明を破壊する。あらゆる発展を憎み、ただ栄えているというだけで憎悪の炎を燃やす邪悪な竜なのだ」

リュブは聖職者らしい物言いでそう言った。

「はい、塩竜は魔王に従う闇の竜、つまり『勇者』の敵ですね！」

「そうそう、悪いやつはみーんなヴァンの敵だから殺しちゃおう！」

ヴァンは『勇者』の敵に目を輝かせ、そんなヴァンを妖精ラベンダはうっとりとしながら肯定する。

「我々の目的はゾルタンにある魔王の船の回収だろう？　このような寄り道をする意味があるのか疑問だ」

　エスタはこの旅の間で何度目か分からない質問をする。

「そこに邪悪があるからです」

　そしてこれも毎回同じようにヴァンは即答した。

「しかしここの竜は付近の村や町と敵対していない。島の近海に近づかなければ襲ってこない相手を、こちらから乗り込んで討伐すべきなのか？」

「まぁまぁエスタ、今回はヴァンの加護レベル上げにもちょうどいい相手です。それにここには塩竜に奪われた妖精の秘宝があるというではありませんか、手に入れて損はないでしょう」

　リュブは口元にニタニタと強欲そうな笑みを浮かべている。

「私はその伝説にも疑問を感じる。妖精の秘宝と言う割には、塩竜に侵略されるまで一切逸話が残っていなかっただろう。侵略後、唐突に登場する妖精の秘宝……妖精王の盾。あれは妖精の秘宝ではなく塩竜が持ち込んだ秘宝の可能性がある」

「はぁ、まぁそうかも知れませんね」

エスタの言葉にリュブは面倒くさそうに答えた。

「大丈夫です」

ヴァンが明るく言う。

「モンスターを倒して財宝を得ることは正しいことです。教会の経典にもそう書いてあります」

ヴァンの悪意の無い笑顔を見て、エスタは反論を諦《あきら》める。

ヴァンの言う通り、モンスターを倒して財宝を得ることはデミス神の教えでも正しいことなのだ。

「しかし無闇矢鱈《やたら》に敵を作るとあとで後悔することになる。優先すべき目的を見失うべきではない」

「いいえそれは違いますよエスタさん、すべての悪を滅ぼすのが『勇者』ですから。僕は常にこの世界すべての悪の敵なんです」

「……分かった、それがお前の勇者としての在り方だというのなら、私はこれ以上言葉を続けるべきではないのだろう」

ルーティと方向は違うが、ヴァンもまた勇者としての在り方を自分の中に持っている。

(いやはや……導き手とはこんなにも難しいものなのか……これはギデオン殿に相談できればと思ってしまう)

いや、そもそも正体を隠すために仮面を被ったのだ。

今更ギデオン殿に会うなどできるはずがない。

そうエスタは思い直し、いつものようにパーティーの前衛に立った。

ヴァン達がゾルタンに到着したのはそれから9日後のことだった。

＊　　＊　　＊

セントデュラント村、昼。

俺達がこの村に滞在を始めてから10日目。

「もう10日目、のんびりなのはいいけど何の便りもないねぇ」

リットは椅子に座ってジュースを飲みながら言った。

身につけているのはいつもの服ではなく、ビキニとショートパンツ、足元はサンダルという涼しげな格好だ。

どう見ても夏の格好なのだが今は春だ。

「だって今日暑いんだもん」

そう言ってリットは笑った。

やれやれ……正直胸の谷間や太ももが眩《まぶ》しくて目のやり場に困る……別に嫌ではないけ

ど。

「えへへ、レッドもいつもの服じゃなくてもっと露出度高い服着ればいいのに」

「このシャツ、夏は涼しく冬は温かい優れものなんだよ」

「ぶーぶー」

ブーイングをしているリットを見て俺は苦笑する。可愛いけど。

「お兄ちゃん」

「お、ルーティも着替えて来たの……か……」

「うん、着替えた」

ルーティが着ているのもいつもの服ではなかった。

「お兄ちゃんのシャツを借りた。夏は涼しく冬は温かい、これは優れもの」

上機嫌のルーティが着ているのは俺のシャツ。

サイズが合っていないのでぶかぶかだ。

その上……。

「なんで下を穿《は》いていないんだ？」

「私はいつもワンピースを着ているから、下だけで着られる服は持ってきてない」

ルーティは俺のシャツの下は下着しか身に着けていない。

とても他の男には見せられない、もし見られたら思わず剣を抜いてしまうかも知れない。

「その手があったか！」

なんかリットが叫んでいる。

俺の方は2人の服を着ることができないのだから、リットも俺のシャツを着てしまうと俺の着る服がなくなってしまう。

「お兄ちゃんのシャツ……ふふ」

まぁルーティが楽しそうだから良いか。

「それにしてもティセ達の方はどうなっているのかな？」

「エスタの予想では1週間後にはゾルタンに到着するって話だったが、もう到着しているのだろうか？」

「どうする？　私が行って確認してこようか？　私なら顔も知られていないでしょうし」

「いや、みんなを信じて大人しくしていよう。ヴァン達はルーティを捜しているわけじゃないんだ、この村とゾルタンとを行き来するのは最後まで避けたい」

「確かに、何かあったら連絡があるよね」

「相手は『勇者』だからな、悪いことはせず通り過ぎるのを待つさ」

俺はそう言って、椅子に座る。

「俺もジュースを飲もうかな」

俺は瓶からコップへジュースを注ぐ。

琥珀色《こはくいろ》のリンゴジュース。

リンゴ酒として作られたものなのだがまだ十分発酵していないためアルコール分はほとんどない。

甘みが強いため水で割って飲むとちょうどいい口当たりになる。

「さて、午後はどうしようか」

「このまま庭で読書とかどう？」

「森を散歩したい」

リットとルーティはそれぞれ要望を言う。

「よしじゃあ……両方やるか」

時間はあるのだ、やりたいことは全部やっていこう。

＊　＊　＊

ゾルタン、港区。

昼間から酒を飲む外国の船乗り達が大声で歌っている。

彼らが運んできたのは大量の木材、そしてその帆船そのもの。

大量の木材はヴェロニアとの戦争で破損した民間船の修理や新造用。

そして彼らが乗ってきた、２本のマストに三角帆がたなびくキャラベル船は、ゾルタン軍が所有する新しい船となる。

中古の船だが、以前の軍船より速い新型だ。

ゾルタン軍の旗艦として、グローリーオブゾルタン号と改名されることになっている。

すでに使用感はあるが、やはり新型。

将軍ウィリアムは大層喜び、後ほど式典を開いて祝うことを計画している。

船乗り達がまだゾルタンに残り遊んでいるのは、この式典に招待されており、タダでご馳《ち》走《そう》と酒にありつけるからだ。

そんないつもより少し騒がしい港区の桟橋に、小さな影ともっと小さな影が並んで座っている。

「平和だね」

フードを被った少女……ティセは釣りをしながらつぶやいた。

ティセの隣でうげうげさんも自前の糸を海に垂らしている。

「……なかなか来ないね」

ティセ達の目的は勇者ヴァンを見つけること。

もし陸路で来たときのために門の方はダナンとアルベールが見張っている。

「寄り道でもしているのかな？」

ティセの言葉に、うげうげさんは「さぁ？」とでも言うように頭を傾げた。

次の瞬間、うげうげさんは驚いたように脚を動かした。

うげうげさんが水面へと垂らす糸が激しく引かれている。

うげうげさんは2本の前脚ですばやく糸を掴《つか》むと丸い体を震わせ引っ張る。

「頑張れうげうげさん！」

ティセの言葉に応《こた》えるようにうげうげさんはピンと張った糸と格闘する。

水面が泡立ち、巨大な影（うげうげさんと比べて）が、逆鱗《げきりん》に触れられた竜が如く暴れる。

うげうげさんは脚を動かし右へ左へ走り回り、糸が切れないようコントロールした。

白熱する戦いにティセは息を呑《の》む。

「これは歴史に残る戦い……！」

戦いは永遠に続くかと思われたが……やがて水面の影の動きが鈍る。

ここぞとばかりにうげうげさんは力を込めて踏ん張った。

バシャンと大きな音がして巨大な影が桟橋へと引き上げられる。

「うげうげさん！　油断しないで！」

ティセが鋭く警告した。

うげうげさんは素早く間合いを取る。

うげうげさんがさっきまでいたところへ、凶暴な刃が振り下ろされた。

「あれは……キングクラブ‼」

カニの王キングクラブ。

足を広げれば1メートルを超える巨大甲殻類。

甲殻に生えるトゲは、悪の騎士の甲冑《かっちゅう》を思わせる凶暴な貌《かたち》である。

別名はタラバガニ。

「なんでキングクラブがこんなところに⁉　ゾルタン近海には生息していないはずなのに‼」

キングクラブの黒い目玉は何も語らない。

ただ不退転の決意と共にハサミを構え、目の前の敵を屠《ほふ》らんとするのみ。

対するうげうげさんは、ジャンピングスパイダー《ハエトリグモ》の一種。

振り下ろされたキングクラブのハサミを跳躍してかわし、頭上から一撃を加えようとする。

（⁉）

うげうげさんの一撃を防ぎ、その丸いお腹《なか》に一筋の傷を与えたのは左のハサミ。

うげうげさんの脳裏に、小動物界では有名な拳法《けんぽう》ドブネズミ「チュー・チュウロン（『武闘家』の加護持ち）」の格言が蘇《よみがえ》る。

『カニのハサミは2本ある』

なんとクリティカルな格言か。

キングクラブはとどめを刺そうと再び右のハサミで追撃する……左のハサミは跳躍を警戒し頭上にある。

それはまさに剣と盾を構える騎士が如き無双の構えだった。

だがうげうげさんの跳躍は頭上ではなかった。

地を這《は》うような低空の跳躍。

体長の何十倍もの距離を跳ぶうげうげさんの脚力が前進に使われることによって生まれるうげうげさん式雷光の如き脚。

キングクラブの懐へと潜り込んだうげうげさんは、そこからさらに上へと跳躍する。

「必殺！　昇蜘蛛拳《スパイダーパンチ》!!」

うげうげさんはしゃべれないのでティセが代わりに必殺技の名を叫ぶ。

今思いついた技の名前だが、かっこいい名前になったとティセはとても満足していた。

うげうげさんの跳躍力を前脚の一点に込めた一撃。

それはキングクラブの腹部の甲殻を砕くほどの威力だった。

その衝撃によってさすがのキングクラブも泡を吹き、地響きを立てながら崩れ落ちる。

着地したうげうげさんはびしっと両前脚を振り上げ勝利のポーズを決めた。

「すごいすごい！」

ティセはパチパチと拍手した。

「今夜はカニ鍋《なべ》にしようね」

ティセは喜んでいるが、うげうげさんはカニ鍋を食べられないのでふるふると頭《かぶり》を振ってから再び糸を水面へと垂らし釣りを再開した。

水面を眺めながら、うげうげさんはちらりとティセを見る。

「なになに『ところでティセは釣れたの？』……ぐぬぬ」

ティセの釣りは大物一点狙い。

釣れない時は一日中やっても釣れない。

ティセにとっての釣りとはそういうものなのだが、隣で大物を釣り上げたうげうげさんに煽《あお》られるのは悔しい。

「見ててよ、これからすっごいの釣るから」

そう言ったティセを慰めるように、うげうげさんは脚をゆらゆら振る。

それを見てティセはまた「ぐぬぬ」と歯噛《はが》みする。

２人は今日も仲良しだった。

「ん」

何かに気がついて、ティセは川の遠くを見る。

(スループ型の快速帆船、それにあの旗は教会のもの……やっと到着したようね)

ティセは釣りを続けながら心の中でつぶやいた。

ティセが目配せすると、うげうげさんはヤランドララ達へ伝えるためすぐさま移動した。

「さて」

ティセが釣り竿《ざお》を軽く振ると針から餌が外れた。

これで魚が釣れることで注意を引くこともない。

今日の任務は、勇者ヴァン一行の到着を伝え、その顔と声を覚えること。

接触はもちろん、尾行もしない。

(一体、どんな方なのでしょうね、もうひとりの『勇者』というものは)

先入観は悪い結果を生む。

暗殺者としてそう教えられたティセだったが、ルーティの姿がどうしても脳裏によぎってしまうのだった。

*　*　*

「船が入れないとは、みすぼらしい港だ」

上陸用の小型ボートから降りながらリュブ枢機卿《すうききょう》は愚痴を言った。

「リュブさん」

「すまんすまん」

ヴァンの非難するような視線を受けて、リュブは後頭部に手を当てて謝罪した。

「ふっ」

2人の様子を見てエスタが笑った。

「どうしたんですか？」

ヴァンの言葉にエスタは首を振った。

「いや、同じことを昔の仲間が言っていたことを思い出してな」

「エスタさんはゾルタンに来たことがあるんですか？」

「短い滞在だったがな。だから観光案内など頼まれても応えられんぞ」

「はは、観光に来たわけではないですから……エスタさんの仲間か、その人も英雄だったんですか？」

「どうだろうな」

「会ってみたいな」

「それは叶《かな》わないだろう」

「そうですね、我々の目的は魔王の討伐ですから、無駄な寄り道はできませんよね」

「いや、あいつは死んだんだ。だから会えない」

　ヴァンはハッと息を呑んだ。

「すみません、仲間の死を思い出させてしまって」

「気にするな。思い出してしまったのは私だ」

「そうそう！　ヴァンは何も悪くない！　きっとエスタが小言を言い過ぎてストレスで死んじゃったんだ！」

「こら、ラベンダ！」

　ヴァンは、肩に座るラベンダを叱るが、ラベンダはエスタに向かってあっかんべーと舌を出すと、ヴァンのポケットへと逃げ込んだ。

「とにかく宿を取ろう、私は船旅が苦手なんだ」

　リュブ枢機卿は早く休みたい様子でそう言った。

「リュブは情けないんだー、船の上で何度も吐いて！」

「今はあなたの軽口に付き合う気力も残っていないので、大人しくヴァンと遊んでいなさい」

「やったー、すうききょー様公認！」

　ヴァンの横顔に抱きつき、スリスリと頬を擦《こす》り付けるラベンダ。

　ヴァンは照れた様子だ。

「エスタは良い宿とか知らないの？」

ラベンダの質問にエスタはふむと考える仕草をした。

「ゾルタンは町の中枢である中央区、農地と冒険者ギルドのある北区、職人と商人が暮らす南区、我々の居る港区、貧民街サウスマーシュ区で構成される。宿の質がいいのは中央区か北区だろうが、我々の目的を考えればこの港区に泊まった方が効率的だろう。あれを動かすために人も集めなければならないからな」

エスタは背後の川を振り返り、川底に座礁した黒鉄の船を眺めて言った。

「もう魔王の船じゃない、あれは今日から勇者の船です」

ヴァンはそう言って少年らしい好奇心と希望に満ちた目でウェンディダートを眺めた。

その様子を遠くから見ていたティセは内心驚いていた。

(あれが勇者ヴァン？　あんなに感情豊かに笑うなんて、ルーティ様とはまるで違う)

理由はわからないが、そのことがなぜかティセにはひどく不安に思えたのだった。

*　　*　　*

夕方、セントデュラント村。

俺達は3人でワイヴァーンレースというボードゲームを楽しんでいた。

「お兄ちゃんの竜にコイン10枚賭《か》ける」

「げっ、このレースで俺が上がったらルーティの勝ちか」

「大胆な戦略ねぇ、でもルーティだってここで10枚失ったらキツイでしょ？」

「残ったコインはすべて自分の竜に賭ける」

「ええっと……なるほど、それでも俺が上がるとルーティがギリギリ勝つのか。でもそうなると俺は次のレースでリットの竜を勝たせるために動くしかない。2対1になるけど大丈夫か？　これでリットの竜が勝ったらルーティは破産してしまうぞ」

「受けて立つ、私の竜を信じる」

「おおー、このレースが決戦だね！」

ボードを囲んでサイコロを握り、ワイワイと楽しくゲームをする。

楽しいひと時だ。

コンコン。

ノックの音がした。

「管理人さんかな？」

リットが立ち上がり玄関へと向かう。

「管理人じゃない、友達」

ルーティが言った。

「友達？」

リットは首を傾げながら扉を開ける。

そこには……。

「うげうげさん!?」

鳩に乗ったうげうげさんが右前脚を上げて挨拶《あいさつ》をしていた。

まさかうげうげさんがメッセンジャーとして来るとは。

「本当ハイスペックな蜘蛛《くも》だね」

さすがのリットも驚いているようだ。

リットはうげうげさんと鳩を招き入れた。

うげうげさんはとんとんと前脚で地面を叩《たた》いている。

「なるほど、鳩にお礼をして欲しいと」

俺に蜘蛛と会話するスキルは無いが、この賢い蜘蛛の仕草から、何が言いたいのかなんとなく分かるようになった。

俺は鳩の食べそうな豆を皿に入れて差し出す。

その間にうげうげさんは虫を1匹捕まえて自分の食事にしていた。

「うげうげさん用の食事を用意していなくてごめんな」

うげうげさんはお構いなくと身体を震わせている。

それから5本目の脚を上げた。先端には小さな紙が結わえ付けてある。

「ティセからのメッセージか」

紙を取って開いてみる。

「勇者来訪、現在問題なし……か」

以上がうげうげさんの脚に結び付けられるほど小さな紙に書かれた言葉だ。

「これでしばらくはゾルタンに戻れないな」

「早く勇者ヴァンがウェンディダートを引き取ってくれるといいんだけど」

「ゾルタン当局との交渉で数日、運び出す作業はベヒモスの指輪の力と霊薬《エリクサー》の数次第か」

外を見ると随分暗くなっている。

「今日は泊まっていくのかい？」

うげうげさんに聞いてみると、コクコクと頷《うなず》いた。

「じゃあ鳩の寝床を用意しないとな」

「くるぽー？」

「確か……」

俺は荷物から調合用の土皿を1つ取り出し見せる。

「これなら寝る時に収まりがいいんじゃないか？」

「くるぽー！」

うんうん、気に入ってくれたみたいだ。

使っていない寝室に皿を置くと、鳩はポフッと座って体を休めた。

こんな小さな体で、40キロの道のりを一飛びするのだから鳥というのはすごいものだ。

「さて……」

勇者ヴァンがゾルタンに到着した。

どのような事態になるのか不安はある。

「だけど俺達がやれることもないか」

俺とルーティの目的は勇者ヴァン達と出会わないことだ。

ティセ達を信頼して、予定通りここでのんびり過ごすのが一番なのだろう。

だったら不安や緊張を抱えて過ごすのは損だ。

「よし、とりあえずワイヴァーンレースの続きだな」

俺は再びダイスを手にボードへ向かった。

そこでは両前脚でダイスを掲げるうげうげさんが待っていた。

「えっ？　うげうげさんもやるの？」

本当ハイスペックな蜘蛛だ。

* * *

翌日。

朝食を済ませ、うげうげさんと鳩を見送り一日が始まる。

今日は村の中を散歩してみようかという話になり、俺達は3人で村の砂利道を歩いていた。

山の斜面に作られた段々畑で揺れる、まだ青い小麦を眺めながら道を進む。

畑に水を撒《ま》いている村の人の姿も見える。

「山の上から用水路を引いているみたいだな。水が豊富だから村の中も綺麗《きれい》なんだろう」

町から離れた村はインフラ整備が行き届かず、ほこりやゴミで汚れていることが多いのだが、この村は道も建物もちゃんと整備されている。

生活用水に困らない環境がプラスとなっているようだ。

「避暑に来た貴族達はどこで遊ぶのかな？」

リットが言った。

「コテージでのんびり読書や食事をするか、川遊びあたりじゃないか？　この村のあたりは猟犬連れて狩りをするようなポイントでもないし」

「うん、大型動物の気配はあまりない」

村では肉料理を普段から食べる習慣がないようだ。

川魚や鶏卵、農耕馬の馬乳があるから健康に支障はないのだろう。

とくに不自由している様子はない。

「とはいえ俺達にとってはずっと魚ってのもなぁ」

「何か食べられる動物かモンスターがいないか狩りにでも行く？」

「そこまでやるのは面倒だ」

「確かに」

そんな話をしながら歩いていた時。

「あいたっ!!!」

畑の方から悲鳴が聞こえた。

「なんだ？」

俺達は悲鳴がした畑へ行ってみることにした。

「あぁ……いたた……」

小麦畑の中からうめき声がする。

「大丈夫か？」

「あ、あぁ……」

「畑に入るぞ！」

声をかけてから俺は小麦畑へ入る。

麦を踏み荒らさないよう気をつけながら声の方へ向かうと、20代前半くらいの女性が倒れていた。

「うう……」

俺は屈《かが》んで女性の容態を確認する。

「腰の打撲……これは倒れた時のだな。話せるか？」

「こ、ここが……」

女性は脇腹を押さえ、かすれ声で答える。

「リット、魔法で痛みを軽減させてくれ」

「分かった！　水の精霊よ、清き流れにて痛みを拭《ぬぐ》い去れ」

ここは川が近く、水が豊富な土地だ。

水の精霊魔法とは相性がいいだろう。

女性の真っ青だった顔が少し楽になった様子だ。

「この村に医者は？」

女性は顔を振った。

「少し診せてもらうよ」

俺は女性のお腹《なか》に触れる。

「痛みが強くなるところを教えてくれ」

女性が頷いたのを見て、何箇所か触り反応を見る。

「あ、いっ、いたたた!!!!」

「一番痛むのは右下腹部か、痛みの分布は……なるほど」

応急手当てマスタリースキル：〝場当たり的な神医〟での結果は、応急手当てに必要な薬は、ただの痛み止めの薬。

これが細菌など感染症や、摂取した毒物に原因があるならそれらを体外に排出したり毒素を和らげる薬という結果になるはず。

また内臓を損傷しているケースもない。その場合は、傷を塞《ふさ》ぐポーションという結果になるだろう。

「これは内臓の炎症……おそらく虫垂炎だな」

俺はさらに女性を問診して、朝から吐き気や嘔吐《おうと》、痛みがあったことを確認し、虫垂炎だと確信する。

倒れたのも痛みだけではなく失神してしまい倒れたようだ。

「虫垂炎なら手持ちのマジックポーションでもひとまず治せるが……」

高価なマジックポーションを使えば、炎症を緩和することもできる。

だが炎症を治癒しただけでは多分再発するだろう。

今回はたまたま俺達がいたが、ゾルタンから離れたこの村ではまた次ここまで炎症が進行したら命に関わるかもしれない。

「とにかく家に運ぼう」

　俺とルーティは腹部を圧迫しないように女性を抱えると、この近くにある家へと運んだ。

「一応聞くが、この村に外科的手術ができる者はいるか？」

「げ、げかてきしゅじゅつ？」

　女性は言葉の意味を理解するのに一呼吸必要だった。

「イボを切るのが上手《うま》い爺《じい》さんならいるけど……」

「さすがにイボの感覚でできることじゃないな」

　さて……俺は医者じゃないのだが、騎士として肉に食い込んだ矢じりを切開して取り除いたり、破れた腸を縫い合わせるような知識と技術の教育も受けている。

　手持ちに麻酔薬や止血剤もある、それに治癒の魔法を使えるリットとルーティもいる。手術をやれる用意はあるな。

「俺はレッド、あなたの名前は？」

「ケイト……」

「よし、ケイトさん。俺はゾルタンで薬屋をやっている者だ。あなたは盲腸……腹にある内臓の一部が傷んでいるんだ」

「な、内臓!?」

　ケイトという名の女性は青ざめた。

「わ、わ、私はもうダメなの……？」

「いや大丈夫、治療はできる」

「で、でも私の母親も婆さんも腹の痛みで倒れて死んだんだよ……だから私もそうなるんじゃないかってずっと思ってて」

ふむ、虫垂炎を起こしやすい家系なのかもしれない。

「治療はできると言ったろ、方法が２つある」

「２つ？」

「１つはキュアシックネスのマジックポーションを使うことだ」

「マジックポーション!!　あ、いつつ……」

マジックポーションと聞いてケイトは思わず身体を起こそうとし、痛みで動きを止めた。

「そ、そんな高価なもの買うお金なんてないよ……」

キュアシックネスのマジックポーションの相場は６００ペリル。

病気に対して自己治癒力を高める魔法を込められたポーションで、効かない病気も多く、高価なのに頼りにならないという評価をされているが……外傷でも感染症でもない病気には抜群に効果的だ。

病気の診断ができる人間が使えば６００ペリルの価値は間違いなくあるマジックポーションだ。

まぁ俺はふえるポーションで増やしているので実質１２０ペリルだが。

しかしそれでも町から離れた村という狭い経済圏で暮らしている村人には到底すぐに払える額ではない。

「値段もなんだが、マジックポーションを使って今の状態を治しても、いつかまた再発する可能性がある」

「再発って、またこうして腹が痛くなって倒れてしまうってことなのかい⁉」

「ああ」

ケイトの顔が絶望で暗くなった。

「そういうわけでもう1つの治療法なんだが、そちらなら高価なマジックポーションも使わないし、再発することも無くなる」

「だったらその方法一択じゃないの！　一体何をすればいいんだい？」

「手術で傷んでいる内臓を切り取る」

「切り取るって……どうやって……」

「麻酔を使って痛みを消したあと、消毒したナイフで腹を切り開いて切り取る。縫合したら薬草を塗り込んで一日安静にしたあとで抜糸、また薬草を塗り込んで半日も安静にすれば動けるようになる」

俺の説明を聞いても、ケイトは怯《おび》えたままだ。

医者もいない村で手術なんてそりゃ怯えられるだろうなぁ。

「む、無理だよ、そんなことされたら死んでしまう」

「死なないために手術するんだ」

とはいえ面識も無い外の人間である俺達を信用して手術を受けろというのも無理な話だろう。

「ひとまずあなたの家族を呼ぼう、話はそれからでも良いだろう」

＊　＊　＊

2時間後、ケイトさんの家。

「それじゃあ、この丸薬を水で飲んでくれ」

俺は麻酔薬を渡して飲ませる。

「10分後にベッドに横になってもう1粒、そうしたらぼーっとするだろうけど、そのまま目をつぶっていればいいから」

「う、うん……」

両親と夫からの説得もあり、彼女は手術を受けることを決意した。

余所者《よそもの》である俺の言葉を信用してくれるのか不安だったが、もともと貴族の旅行者が訪れる村ということで、余所者は豊富な知識を持っているという認識が村の人達にあったのが良い方向に働いたようだ。

「さて」

ケイトに麻酔が効いたのを見て、俺は小さなナイフをアルコールで拭《ふ》く。

「レッドって薬学だけじゃなくて本格的な医者としての知識もあったんだね、私も冒険者だった時に縫合のやり方はおぼえたけど、ここまでやるのは無理だわ」

俺の手伝いをするため隣に立つリットが言った。

ちなみに今使っているナイフはリットの私物で、ロガーヴィアにある古代エルフの遺跡で手に入れたものらしい。未知の金属でできたそのナイフは鋼のナイフより鋭く頑丈だ。

「はは、まぁ軍医ってのもピンキリでなぁ、バハムート騎士団の軍医を連れ回すわけにもいかないから別の部隊の軍医に任せるんだが……今思い出しても恐怖が蘇《よみがえ》ってくるよ」

「へぇ、たとえばどんなのがいたの？」

「『僧侶《そうりょ》』の加護持ちで1日4回までなら回復魔法が使えるというやつだったんだが、それ以外は止血の仕方も知らないし、負傷者を前にまずたっぷり神に祈りを捧《ささ》げないと応急処置もしないって酷《ひど》いヤブ軍医だったよ。そりゃみんな真剣に医術講習受けたもんさ」

「うわぁ、そりゃ大変だったねぇ」

リットの苦笑を見てから俺はケイトの側に立つ。

さて、やるか。

台におかれた道具がすべて揃っているのを再度確認してから、俺は手術に取り掛かった。

『殺すのに比べて生かすのにはまた違った面白さがある』

ダナンの言葉だ。

数え切れないほどに戦ってきた俺は、皮膚と肉をどう切ればいいか知っている。

内臓がどこにあるのか、どう刃を通せば内臓を貫き殺せるかを知っている。

その経験が、今この女性を生かす力となっている。

「それじゃあリット、ルーティ、フォローを頼む」

頷《うなず》いている2人を頼もしく思いながら、俺はケイトの腹部にナイフを当てた。

＊　＊　＊

「レッドさん、ありがとうございます！」

ケイトと家族達が俺の手を取ってお礼を言ってくれた。

村の人達にも話が伝わり、ケイトを救った薬屋として認知されたようだ。

支払われた銀貨は少なかったが、たくさんの新鮮な野菜、鶏卵、鶏肉《とりにく》、馬乳、リンゴ酒やエール酒など村の地酒を貰《もら》った。

他にもこれから毎日焼きたてのパンと穫《と》れたての野菜を届けてくれることとなった。

この村にいる間は食事に困ることはないだろう。

「ずっと私は母と同じ病で死ぬと……それが私に神様がお与えになった運命だと、諦《あきら》めていたから……」

「運命なんかじゃないさ、ただの治療可能な病気だ」

ゾルタンでなら治療もできただろう。

特別な加護による奇跡ではなく、人の手で克服した病気だ。

「あのレッドさん……なぜ見ず知らずの私にここまでしてくれたの？」

ケイトが俺に尋ねた。

「お医者さんのやり方とか全然分からないけどさ、腹を切って悪いものを切り取るってことは決して楽なことじゃないと思うんだけど……」

ふーむ……そう言われてもなぁ。

「たまたま俺が通りかかって、たまたま治療法を知っていただけだよ」

「レッドさんは良い人だね……運命じゃないって言われたけど、でもレッドさんと出会えた事こそ神様の思《おぼ》し召《め》しだ」

ケイトと村の人達は、素朴な信仰心で神に感謝の祈りを捧《ささ》げている。

後ろでルーティが少しムスッとしていたので、頭をなでてなだめておく。

「それじゃあ、また明日抜糸を行うから。何か異状を感じたら誰か俺の所へ呼びに来てくれ、コテージにいるから」

大変な散歩になってしまったが、無事に終わってよかった。

俺達はコテージへと戻り、一息つく。

「じゃあ私、洗濯してくるね」

リットが俺を気遣って言った。

「ありがとう、助かるよ。ああいうことは久しぶりだったから少し気疲れしたみたいだ」

「いいのいいの、ゆっくりしてて。今日もレッドは格好良かったよ！」

手術の時の血のついた服を持ってリットは洗面所へ向かった。

お姫様であるリットだが洗濯の方法もしっかり知っている。

なんといっても冒険者にとって服の洗濯は必須《ひっす》技能だ。

冒険も戦いも、服が汚れることは数え切れないほどある。

華麗な剣技で魅せるキザな冒険者も、恐ろしい容貌《ようぼう》で大剣を振り回す強面《こわもて》の冒険者も、夜の間に洗濯板と石鹸《せっけん》を持ち、体を丸めてゴシゴシと服を洗うのだ。

俺達だって旅の間、ダナンもテオドラもアレスさえもみんなで服を洗っていた。華々しい冒険の裏では、そんな所帯じみた日常があるものだ。

「私もたくさん洗濯した、服の洗濯のコツもおぼえた」

「ルーティの服はいつも綺麗《きれい》だったな、ありがとう頼りにしているよ」

あのパーティーは意外とそういうのが得意なメンバーだったな。

「お兄ちゃん」

「ん、どうした」

「お疲れ様」

ルーティは椅子に座っている俺の隣まで来ると、俺の頭に手を置いた。

「えらい、えらい」

そう言いながら、ルーティは俺の頭をなでた。

「ありがと、でもそんな褒められるようなことじゃないんだけどな」

無償の人助けなんてことはない、しっかりと報酬は貰っている。

雑貨屋では手に入らなかった鶏肉が手に入ったのは嬉《うれ》しい。

数が少ないらしいので大切に使おう。

鶏ガラを使ってスープを作るのもいいな。

ルーティやリットのために料理を作るのが今の俺の趣味なところもあるし、ここでもいろいろな料理を作ってみたい。

金銭的な価値という意味では安い報酬かもしれないが、ゾルタンから離れたこの村でたくさんの銀貨をもらうより、この休暇を楽しいものにする報酬の方が価値がある。

だから俺は別に打算のない人助けをしたわけじゃない。

「それにな、正直に言えば暇だったから手術までしようと思っただけだ。これが普段なら応急手当てだけして、ゾルタンで治療を受けることを勧めるだけで済ませていたよ」

「私がお兄ちゃんをえらいと思ったから褒めているだけ。お兄ちゃんは気にせず私に頭をなでられていればいい」

ルーティは譲らず、「えらいえらい」と俺の頭をなで続けている。

仕方ないので、俺はルーティにされるがまま目を閉じた。

やはり疲れていたのだろう。

気がつけば俺は眠ってしまっていた。

＊　　　＊　　　＊

夢を見た。

服を泥だらけにした小さなルーティが、母さんに叱られている。

『勇者』であるルーティは困っている誰かを見過ごせない。

あの汚れた服も、きっと誰かを助けた結果なのだろう。

そう考えてしまうと、俺はあそこでルーティが叱られているという理不尽に耐えられなくなった。

母さんの前に立ちはだかり、俺は母さんの言葉のすべてを理論立てて否定する。

ルーティは正しいことをしたのだ、だから叱られるのはおかしいと。

やがて母さんは諦め……辛《つら》そうな顔で立ち去った。

母さんだってルーティが遊んで汚したわけではないことくらい分かっている。

母さんが叱るのは、ルーティに自分を犠牲にして誰かを助けて欲しくないからなのだろう。そんな生き方を続ければ、いつかきっと後悔する日がくる。

ありふれた加護を宿した母さんにとって、それが我が子より長い人生を生きてきた親として教えるべきことだと考えているのだ。

だがルーティは『勇者』だから、自分を犠牲にしてでも誰かを助けなければならない。

だからどうしようもなくて、母さんがルーティを遠ざけてしまうことも仕方がなくて……。

「お兄ちゃん」

ルーティが俺の顔を見ていた。

俺はこわばっていた顔を崩して笑い、ルーティの頭をなでる。

「よく頑張ったな、えらいぞ」

「私は『勇者』だから何もえらくないよ？」

「そうかもな、でも俺がルーティをえらいと思ったからこうして頭をなでているんだ。ルーティは気にせず俺にえらいえらいされていればいいんだよ」

「……分かった」

俺は小さなルーティの頭をなでる。

ルーティは服の裾《すそ》をギュッと握ってうつむいていた。

懐かしいな、幼い日の記憶だ。

あの日の小さなルーティが、今では俺のことを褒めて頭をなでている。

そんなルーティの成長が嬉しい。

本当に立派な女の子になったな……。

これからもどうかルーティの人生が幸せで満ち溢《あふ》れていますように。

ぼんやりとした意識の中、俺はそう願っていた。

* * *

翌日、昼。

俺は術後の抜糸を終え、また色々と食材をもらい、コテージへと戻ってきた。

「さて、お昼作るか」

今日のお昼はすでに決まっている。

俺は貰った鶏肉と下ごしらえをした野菜を炒《いた》め、それから鍋《なべ》に水を入れた。

本日のお昼は、英雄デュラントの故郷から伝えられ、この村で代々食べられているという郷土料理。

「で、あとはもらったこの粉を入れて煮込んで、その後でこっちの別のスパイスと一緒に炒めた小麦粉を鍋に入れればいいんだな」

小麦粉をいれるのだからとろみのあるスープになるのだろうか？

俺は教わった分量でスパイスと小麦粉を投入する。

「すごい色になったぞ」

スープの色は透明感ゼロの茶色。

「香りも刺激的だな」

さすがにちょっと不安になった。

「うむ」

未知の料理を作るのは冒険だ。

完成したときの味が分からないし、そもそも美味《おい》しいという保証もないのだ。

正しく作ったものが正しいかどうか判断できない、まるで本物かどうか分からない宝の地図を片手に航海に出るような不安。

「へぇ、それがカレーってやつなの？」

リットとルーティが俺の背中に抱きつきながら鍋の中を覗《のぞ》き込んだ。

「ユニーク」

ルーティは興味深そうにグツグツと煮込まれているカレーなる料理を見つめている。

そう、今日のお昼はカレーだ。

「大丈夫かな、保険のためにチキンサラダも作ってあるけど」

「大丈夫だって、美味しくなくても思い出になるから！」

「まぁそれはそうなんだが」

「毒味は任せて、『勇者』の耐性を戻して食べられるかどうか調べる」

「まさか俺の作った料理をルーティに毒味させる日が来るとは」

「旅の時もすれば良かったのに、お兄ちゃんは頑固だった」

旅の時は、安全だと分かっている食材しか使わなかった。

食あたりで戦闘能力が低下して魔王軍にやられるなんて、笑い話にもなりゃしない。

料理を担当していた者として、それは絶対に避けなければならない事態だ。

だから旅の間、こういう原材料もよく分からない未知のスパイスを使った料理に挑戦することはなかった。

「わくわく」

口に出してまでわくわくしているルーティに和みながら、俺はカレーができあがるまで待った。

さらに待つこと30分。

最後の工程を終え、ついにカレーが完成した。

「う、ううむ」

色々料理は作ってきたが、今回のは中々未知の料理だ。

「毒味と味見」

ルーティが俺に向けて口を開けた。

「あーん」

「ん、不味《まず》かったら遠慮なく教えてくれよ」

俺はスプーンですくったカレーを少し冷まし、ルーティの口へと運ぶ。

パクリとルーティはカレーを食べた。

「……どうだ？」

「辛い……でも美味しい」

「そ、そうか、安心したよ」

俺も一口食べてみる。

あの粉にはトウガラシとコショウが混ざっていたようだ。

辛さの原因はその2つだろう。

だが、辛いだけではなく様々なスパイスのブレンドからくる独特の風味がある。

「他にも4種類くらいスパイスを使っているようだ」

「私にも味見させて！」

「もちろんいいよ」

俺はスプーンを渡そうとしたが。

「あーん」

リットも口を開けて待っている。

「ちゃんとふーふーもしてね」

「はいはい、分かっているよ」

俺は苦笑しながらリットの言うとおりにして食べさせる。

たまにリットはすごく甘えん坊になるな。

「どれどれ……ふむふむ……あー、私この味好き！」

リットはいたく気に入ったようで、もう一口食べたいと口を開けている。

「まぁまぁ、あとはちゃんとお皿によそってから食べよう」

「はーい」

「天気もいいし、せっかくだから庭で食べようか」

「賛成！」

俺はこのチキンカレーという料理とチキンサラダ、それに井戸から汲《く》んだばかりの冷水を屋外ダイニングのテーブルに並べた。

緑に輝く春の山を眺めながら、俺達は茶色で辛いカレーを食べる。

「このカレーってパンやパスタと一緒に食べるんだよね？」

「今日はパンを用意してあるよ」

「どれどれ……うん、合うよ！」

リットの食べるスピードが速くなった。

とても気に入ってくれたようだ。

「デュラントの故郷じゃライスと一緒に食べていたらしいけど、ここにライスはないからちょっと残念だね」

「完全再現デュラントのカレーを食べるにはゾルタンの交易品でライスが売られているのを待つしかないな」

「いつか食べてみたいなー」

リットの言葉に俺もうなずく。

「この村でもお祝いの時にしか食べない料理らしいけど、必要な食材は全部この村で収穫できる。ライスが手に入ったらまた来ようか」

「やった！」

「わーい」

リットとルーティは手を上げて喜んでいる。

勇者として冒険していたらたどり着く可能性のない田舎の村。

そこで食べた料理はとても美味しく、俺達は楽しく笑い、幸せな時間を過ごしたのだった。

＊　　＊　　＊

ゾルタン。中央区にあるレストランのホール。

勇者ヴァンとリュブ枢《すう》機《き》卿《きょう》、水の四天王を撃退したエスカラータの来訪を歓迎するための立食パーティーが行われていた。

「まさかこのゾルタンに勇者様や枢機卿閣下をお迎えできる日がこようとは。そして、この辺境にも仮面の騎士エスカラータ殿の活躍は伝わっております。このささやかな催しを、冒険の思い出としていただければ、我々にとってこの上ない喜びです」

トーネド市長はそう言ってグラスを掲げた。

周りのゾルタン貴族達も同じようにグラスを掲げる。

「乾杯」

掲げられたグラスと共に歓声が上がる。

伝説の勇者の来訪なんてゾルタンではありえないことだ。

中央の華々しい世界に憧《あこが》れるゾルタン貴族達が浮かれるのも仕方のないことだろう。

「むふふ、船の上では気持ち悪くてそれどころではなかったが、今日はたっぷり飲み食いさせてもらおう」

リュブ枢機卿は大きな顔をだらしなくニヤけさせ、目の前にある料理と酒に手を伸ばしている。

「そして美食、美酒とくれば、この後は美女……目ぼしい貴族に声をかけておいたから用意してくれるだろう、ぐふふ」

勇者の手前旅の間は禁欲的な生活を送ってきたリュブは、抑え込んだ欲望を発散させることができるとますます顔をだらしなくニヤけさせている。

（俗物だな……）

リュブのだらしない様子を見てエスタは心の中で苦笑した。

テオドラだった頃なら、それでも聖職者かと怒っていたところだが……。

（ラストウォール大聖砦《だいせいじょう》の外に出て勇者の旅に同行するとなると、あれくらい俗物の方がやりやすいのかも知れないな）

　レッド達と共に旅をした経験は、エスタに柔軟な価値観を与えていた。

（まぁ、問題はあっちか）

　エスタは別の方向を見て小さく溜《た》め息を吐いた。

　パーティーの中心にいるべき人物、勇者ヴァンは不機嫌な表情を隠そうとせず、挨拶《あいさつ》にくる貴族へぞんざいな態度を取り続けている。

「おいヴァン」

　見かねてエスタはヴァンに声をかけた。

「何ですかエスタさん」

「少し外で話そう」

「いいですね！　僕も外へ出たいと思っていたんです！」

　ヴァンは元気よく返事をした……周りの人々に聞こえるほどに。

　エスタは自分の額に指を押し当て唸《うな》った。

　修道院では礼儀作法だって学ぶはずだが……ヴァンの態度は酷《ひど》いものだ。

　エスタとヴァンは、誰もいない2階のテラスへと移動する。

「ふぅ……なぁヴァン、愛想良くしろとは言わないから、不機嫌さを隠す努力はしてくれないだろうか？」

「いつもの問答ですね！」

ヴァンはパーティーにいた時の不機嫌そうな表情から楽しそうな表情へと変わる。

「私に小言を言われるのがそんなに楽しいのか」

「もちろんですよ、未熟な『勇者』である僕にとって、加護レベルの高い『クルセイダー』であるエスタさんと話すことは勉強になります」

エスタはその言葉が世辞ではなく、本心からのものだと感じ顔をしかめた。

なぜならヴァンが、エスタの言葉で自分の考えを変えたことは一度もないからだ。

エスタはヴァンとの会話に不毛さすら感じていたというのに……エスタはヴァンのことがますます理解できなくなったと嘆く。

だが今はそのことを考えるためにヴァンを外に連れ出したわけではない。

「……ヴァン、彼らはこれからウェンディダートを運ぶのに協力してもらう人達だ、もう少し彼らの気持ちを尊重しろ」

「尊重ですか？」

「ああ尊重だ。彼らは勇者である君の来訪を祝うために今日のパーティーを開いたのだぞ。ヴェロニア人貴族のような愛想笑いで会場を歩き回れとは言わんが、せめて不機嫌な顔をするな」

「うーん、そもそもなぜ『勇者』が来たらパーティーなんて開くんです？」

「なぜって……勇者への憧れやその責務に対する感謝をパーティーという形で表現するの

がそんなに不思議か」

「不思議ですよ、『勇者』が人々を救うのは神がそうあれと定めたからです。憧れも感謝も必要ないじゃないですか。こんなパーティーなんて無駄です」

「君にとってはそうでも、他人にとってはそうではない。勇者とは人々に悪へと立ち向かう勇気を与えるものだろう」

エスタもヴァンが自分の言葉すべてに納得してくれるとは思っていない。

だが、『勇者』の加護が人々に勇気を与えるものだということは教会の解釈とも一致しているはずである。エスタはそこから自分の考えを伝えようとしていた。

だが、ヴァンはキョトンとした表情で首を横に振った。

「いいえ違いますよ」

「何？　しかし教会の解釈論は読んだはずだろう、そこにははっきりと『勇者』の役割の1つに人々に戦う勇気を与えるものとある。『勇者』は人を戦いに導かねばならない時もある、そのために人の心を理解し、尊重し、自分の行動に責任を持たなければならないはずだ」

「もちろん加護の解釈論は読みました。だから人々が『勇者』があらわれたら勇気を出して一緒に戦うことは当然の義務ということですよね」

「は……？」

ヴァンの言葉に余計な感情はない、ただ純粋だった。

「『勇者』があらわれたら、人々は共に戦って死ななければなりません。神がそう定めたのだから、勇気を出して戦うことは当然で、勇気の結果死ぬことも当然です。感謝も憧れも必要なく、そこにはただデミス様への信仰のみがあるべきです」

「……君は、『勇者』のために戦う人々に死ねというのか、そこに何の感情もないと」

「はい、殉教は信仰です、感情は不純です」

目の前で話す共に旅をしてきた少年との距離はあまりに遠い。

エスタはそう思わずにはいられなかった。

＊　　＊　　＊

2日後。セントデュラント村。

「おはようございます！」

玄関から村の少年の明るい声が響く。

俺が扉を開けると、外に野菜と卵、干し魚の入った籠《かご》を持った少年が立っていた。

「ありがとう」

俺は少年に礼を言うと、銅貨を1枚チップとして渡し籠を受け取る。

「ありがとうございますレッドさん！　また明日来ますね！」

元気よく去っていく少年の後ろ姿に爽《さわ》やかな気持ちになりながら、俺はキッチン横の保管庫に受け取った食材を収納した。

今日も良い一日になりそうだ。

朝食を終えた俺達はお昼まで村の外れを散歩することにした。

コテージから山の方へ歩き春の野原を楽しむ。

風が吹くと花の香りが漂い、その心地よさに俺は思わず目を細めた。

「良い村だね」

リットは笑ってそう言った。

「ああ、良い村だ」

俺も笑って答える。

ルーティは花に止まるミツバチを見つけ、屈《かが》み込んで観察していた。

「モコモコ」

身体についた花粉でモコモコになったミツバチが飛んでいったのを見て、ルーティは楽しそうにつぶやいた。

「ああして動けない花に代わって花粉を運ぶんだ。蜜《みつ》も花粉もミツバチにとっての食料だけど、花にとっても受粉するためにミツバチの存在が欠かせない。この村の野菜だってミツバチが花粉を運んでいるから育つんだ」

「ミツバチは自分達の巣のために行動しているのに、それが花や私達のためにもなっているなんてすごい」

ルーティは飛び去っていくミツバチの後ろ姿を見つめている。

『勇者』として、他人のために生きなければならなかったルーティにとって、ミツバチの生き方が特別なものに見えたのかも知れない。

その時。

「全員！　構え!!」

掛け声が聞こえた。

「いーち！　にー！　さーん！」

続いて何人かが同時に叫ぶ声。

これは……訓練の声か。

掛け声のする方へ向かってみると、伐採跡の広場に子供達が集まって槍《やり》の訓練をしていた。

「戦闘訓練か」

人が住んでいない村の周辺には動物だけでなく、当然モンスターも生息している。

ここらへんには強力なモンスターは生息していないようだが、ゾルタンから離れたこの村を守るのは、この村に住む人々自身以外いない。

別に珍しい光景ではない。そもそも加護を成長させるために、この世界に住む人々は戦う技術を身につけているのだ。どの村でも子供のうちに武器を扱う基礎くらいは教えるものだ。

俺の場合は戦闘訓練を受ける頃には1人で森に入ってモンスターを倒していたため、戦闘訓練は受けなかったが。

「あれは蓮華《れんげ》流だな」

年長の子供が読んでいるのはヤランドララが書いた蓮華流棒術の教本……その中の棒を槍として扱う技術を抜粋した写本だ。

ボロボロに擦り切れているその本を読んで、子供達は槍の基本技術を身につけようとしている。

「あ！　朝の子もいるね！」

訓練している子供達の中には朝食材を届けに来てくれる少年もいる。

飾りっ気の無い、子供には少々大きすぎる槍を持って突き、振り下ろしと基本の技を繰り出す素振りを行っていた。

「微笑ましいねぇ」

リットが子供達の様子を見て言った。

槍を振るうというより、槍に振り回されている子がほとんどだが、一生懸命に訓練している姿は確かに微笑ましい。

俺達は木陰に腰掛け、休憩がてらしばらく訓練の様子を見物することにした。

ダナン達と一緒に素振りをやったことが、今はなんだか懐かしく感じる。

ほんの少し前のことなのに、今見ているのどかな光景とは世界が違うように感じたのだ。

「きゅうじゅうはーち！　きゅうじゅーくー！　ひゃくー!!!」

百回の素振りを終えると、子供達は槍を地面において座り込んだ。

「つかれたー」

「腕いたいー」

そう言いながら、隣の子供と腕を突きあってじゃれ合う彼らの姿はまだまだ元気だった。

「あっ、レッドさんだ！」

少年に気が付かれた。

「レッドさんってゾルタンから来たお医者さんの!?」

疲れていたはずなのに子供達は立ち上がり、一斉に駆け寄ってきた。

本当に元気だな。

「こんにちは、俺は医者じゃなくて薬屋だぞ」

「こんにちは!!　でも父ちゃんがレッドさんはゾルタンの偉いお医者様だって言ってた

よ!!!」

「うちの父ちゃんも言ってた！」

「すごい大先生なんでしょ！」

子供達はワイワイと騒いでいる。

俺の言葉より親の言葉の方が強力なのだろうな。

後ろでリットとルーティがおかしそうに笑っている。

「ほらほら、訓練の続きは良いのか？」

「あっ、続きやらないと！」

子供達は槍を取りに行き、わざわざこちらに戻ってきて俺達の目の前で訓練を再開した。

日頃鍛えた技を俺に自慢するように披露している。

そんな子供達があまりに可愛いものだから……。

「握りはこうした方がいいぞ」

「うん！」

「軸足がぶれているわね、もっと重心を意識して」

「こうかな！」

「振り上げはもっと低くてもいい、槍は長いから大きく振り上げなくても十分威力がある」

「分かった！」

気がつけば俺もリットもルーティも、つい子供達の訓練に参加していた。

「君はもう基礎ができているから、『剣闘士《グラディエーター》』としての槍の使い方に進んだほうが良いな」

「ええっ、なんで僕の加護が分かったの!?」

驚く子供に、俺はまるで手品を披露したかのような楽しさをおぼえた。

「たくさん勉強したからね」

「すごいなぁ、僕もゾルタンで勉強すればできるようになるかな!?」

「たくさん勉強すればできるかもしれないね、でもお父さん、お母さんと離れ離れになってしまうよ?」

「うーん、それは嫌だなぁ……やっぱいいや!」

子供はそう言って照れくさそうに笑った。

「だって僕がいないと、畑の世話だって人手が足りないんだから」

照れ隠しでもあるのだろうが、しっかりした子供だ。

槍を持つ彼の右手のタコは、戦闘訓練によるものではなく農具によるものだ。

草刈りなどを毎日手伝っているのだろう。

『剣闘士《グラディエーター》』の加護は、加護レベル10あたりに不遇の時代があるが、そこを乗り越え成長すれば一流の冒険者になれる強力な加護だ。

　英雄を目指すなら、スキルをどういう順番で取っていくのかが重要になる。

　だが、この少年は戦いに明け暮れ加護レベルを大きく成長させるような人生を目指しているわけではない。

「スキルは、武器熟練：槍、見切り、パリイをレベル1ずつ、それから筋力強化と耐久強化をレベル3まで伸ばした方がいいだろう。それから武技：衝撃剣を取ればここらのモンスターには負けなくなるよ」

「そうなんだ！　村には『剣闘士《グラディエーター》』の加護のことを教えてくれる人いないから!!」

「いいなぁ、俺にも教えてよ！」

「俺も！　俺も！」

「分かった、分かった、順番にな」

「やったー」

　他の子供達は、一般的な『闘士』、『戦士』、『魔法使い』、『僧侶《そうりょ》』の加護持ちだった。

　まだ加護に触れていない子供もいて、そういう子にはスキルの取り方の一般論を教える。

「レッドさんすげー！」

　たまにこうして子供達に教えるのは楽しいな。

　リットもルーティも素直に喜んだり悔しがったりする子供達の相手をするのを楽しんで

いる。

そうしてしばらく子供達の相手をしていた時。

「おーい」

子供達を呼ぶ声がした。

声のする方へ振り返ると、村の入り口で見張りをしていた男が歩いてくる。

「村の外でオーガキンを見かけたらしいんだ、念の為すぐに家に帰ってくれ！」

「オーガキン⁉」

子供達は驚いて騒ぎ出す。

「ほら、騒いでないで帰った帰った！」

「はーい、レッドさん色々教えてくれてありがとう！」

「じゃあねー！」

「ばいばいー！」

子供達は元気に挨拶《あいさつ》すると走り去って行った。

「はは、懐かれたみたいだな」

「訓練を見ていたら、成り行きでね……楽しかったよ」

「子供の面倒を見るのもたまになら楽しいもんだ」

「毎日はしんどいのかい？」

「うちの坊主は今年で5歳なんだが、本当元気が良すぎて俺ぁ身体がついていかないよ」

男はそう言って笑う。

その笑顔は、自分の子供を心から愛しているのだということが伝わってくるものだった。

「それで……オーガキンが出たのか？」

「ああ、木こりのジニーが見たって言ってな、ジニーは枯れ草をゴブリンと見間違えるようなやつだが……念の為だ」

オーガキンはオーガの亜種とされるモンスターで、オーガに比べて小柄で身長は2メートルほど、筋肉質で肉体的には人間よりも強力だが、知能は低く武技や道具を使うことがない。

人間とオーガの末裔《まつえい》と言われることもあるが、人間とオーガの間に子供が生まれたという記録は存在しない。オーガキン《オーガの子》という名も、その外見から名付けられたのだろう。

人間とは関係ないオーガの亜種モンスターだというのが現在一般的な学説だ。

「この村にはオーガキンがよく出るのか？」

「たまにな、普通は村までやってこないし大丈夫だとは思うが、少人数で歩くのは危険だ……6年前には外れの方に家のあった一家が食われたこともある」

「それは怖いな」

「レッドさんもコテージに戻ったほうが良い、村の若い衆で見回りしておくよ」

オーガキンはそう強いモンスターではない。ゾルタンの冒険者パーティーでもCランク以上なら安心して任せられる相手だ。

ここがゾルタンなら誰かに任せてスローライフをするところなのだが……村の自警団は専業戦士ではなく、ボランティアで集まっているだけの人達だ。

「俺が調べてみようか？」

「え？　い、いや、旅人のレッドさんにそんなことを頼むわけには……」

「調べるのは今日だけにして、それで何も見つからなかったら任せるよ。村の外を散歩がてらに歩くのも悪くない」

「散歩がてらって、オーガキンがいるかもしれないんだぞ？」

「これでも多少腕に覚えがあるんだ」

「うーん」

腕を組んで悩んでいるな。

「大丈夫」

ルーティが手を上げて俺の前へと出た。

その手には細い枝が握られている。

「見てて」

「お、おう？」

ルーティはふっと呼吸を止めると、力強く枝を振り下ろした。

「え？」

男は何が起きたか分からない様子だが……。

男の背後からドーンという大きな音がして、男は慌てて振り返る。

「な、なんだこりゃぁぁぁ!!??」

背後の大木が真っ二つにされて倒れていた。

ルーティは小枝に剣気を流して斬撃《ざんげき》を飛ばしたのだ。

剣でなら同じことをできる剣士もいるだろうが、刃もないただの小枝であれをできるのはルーティくらいだろう。

「私達は結構強い」

「り、理解したよ」

ルーティの言葉に、男はゴクリと喉を鳴らして何度も頷《うなず》いていた。

第三章　すべては加護の為に

一度コテージに戻り、簡単に昼食を済ませ野外用の服に着替えてから、俺達は村の外へと向かった。

村を囲む柵《さく》の外へ出て、森の下生えの中を歩くちょっとハードな散歩だ。

つる草、木の根、腐葉土に覆われた柔らかい地面は歩くのにちょっとコツがいる。

「最近のんびりしていたから、こういう冒険って感じの道を歩くのが楽しくなっちゃうなぁ」

リットの『スピリットスカウト』はこういう森での活動を得意とする加護だ。

今回はリットが先頭に立ち、オーガキンの痕跡《こんせき》を探している。

「今のところは特に痕跡はないわね」

「見間違いかも知れないな……悪いな、ついお節介焼きたくなってしまって」

「いいのいいの、オーガキンなんて見間違いだった方が一番良いんだから」

リットは明るい声でそう言った。

ルーティもうなずく。

「リットの言う通り、それにこうしてお兄ちゃんと歩くのも楽しい」

ルーティは蜘蛛《くも》の巣を破らないよう身体を傾けながら言った。

「こんなに小さいのに、すごい大きな巣」

『勇者』として旅をしていた頃には気にせず蜘蛛の巣を払《はら》い除《の》けていたルーティだったが、今は森に住む無数の生き物に興味を持っているようだ。

世界を救うことを強制されていたことで色あせていた時間を取り戻すかのように、ルーティの現在は鮮やかに輝いている。

その時、リットが立ち止まった。

「レッド」

「ん、何か見つけたか？」

俺はリットの側へと近づく。

「これを見て」

「ふむ、足跡か……どうやら見間違いじゃなかったようだな」

「うん、オーガキンのものだと思う……でも」

リットは思案顔で言葉を続ける。

「これは足跡を消そうとした痕跡だよね」

「ああ、間違いない。オーガキンは移動する時に足跡を消しながら移動している」

相手に気が付かれないための行動をしているということだ。

冒険者でもモンスターの巣を偵察する時、気が付かれないよう痕跡を消しながら動くということはよく行われる。

「でも普通のオーガキンはそんなことしないわよね」

「そうだな、棒を武器として振り回すことすら理解できない知能のオーガキンに足跡を隠すなんてことができるとは思えない」

どうやら俺達で調べて正解だったようだ。

「ちょっと本腰入れて調べるか」

「了解！」

「おー」

ここからは本気を出して調査することにする。

俺達は速度を上げ村の周囲を一気に調べた。

すると、かなり広範囲に亘《わた》ってオーガキンが痕跡を消した跡が残っていることに気が付く。

たまたま1体足跡を消す癖のあるオーガキンがいたという可能性はこれで無くなった。

「この感じだと30体はいるな」

思ったより状況はずっと深刻だ。

普通、オーガキンは人間の集落を襲撃すると決めたら即行動する。相手の戦力がどれほどあるのかなんて考えないのだ。

だがこのオーガキン達はあの小さな村を相手に、慎重にも偵察を行っていた。

これは普通のオーガキンではない。

俺達は一度村へ戻ることにした。

「レッドさん！」

村では武装した村の人達が待機してくれていた。

防衛もゾルタンの衛兵に頼れず自給自足なだけあって危機感があるな。

「状況が変わった、村の人間を集めてどこか一箇所に避難させた方がいい」

「ええっ⁉」

村人達は困惑した表情でお互いの顔を見合わせている。

これまで平和だった村に危機が迫っているなんて中々信じてもらえる話ではない。困惑するのも仕方のないことだろう。

さて、どう説明すれば危険な状況だと分かってもらえるか……。

だが、俺の心配を余所《よそ》に、村の人達は頷いて答えた。

「分かった、すぐに集めてくる。全員を一箇所に集められる家はないから、広場の周辺の家に集めることになるが大丈夫だろうか？」

「広場なら叫べばお互いの状況がすぐ分かる。何かあれば他の人がすぐに気が付ける距離なら大丈夫だ」

「よし、お前ら！　声かけて回るぞ！」

「「おう！」」

彼らはすぐに行動してくれた。

避難も順調に進み、広場の周りの建物の所有者達も二つ返事で家を貸すことを了承してくれた。

勇者の肩書を掲げて魔王軍と戦っていた頃でも、まだ被害が出ていないタイミングにもかかわらず、こんなすんなりと信じてもらえたことは滅多《めった》に無い。

これならば人的被害ゼロで解決することもできそうだ。

俺は村の人達に状況を説明し、村を守る作戦を立てる。

「大丈夫だとは思うが農作物や家畜の被害が出てしまうことも覚悟してくれ、村の人達の命を最優先にする」

「分かっているよ、誰も死なないことが一番だ」

「オーガキンは俺とリットで住処《すみか》を探して討伐する、こちらには妹を護衛に残すから安心して欲しい」

「あの小枝で木を斬った子なら心強い、本当にありがとう……レッドさんとリットさんもどうか気をつけて」

「大丈夫だ、任せてくれ」

俺は力強くそう言い切った。

* * *

俺とリットは再び村の外へとやってきた。

時刻は16時くらい。

空はにわかに曇り、ポツポツと雨が降ってきた。

「急に降り出した……山の天気は変わりやすいな」

「今が冬じゃなくて良かったね」

俺とリットはコートのフードを被り、雨を凌《しの》ぐ。

「こっちね」

痕跡をたどっているのはリットだ。

リットのおかげで、迷いなく森の中を進んでいる。

「でもこいつらの足跡の痕跡を消す技術は中々のものよ。ここが森じゃなければ追いかけられなかったかも」

「リットにそう言わせるオーガキンか……油断はできないな」

普通ならオーガキン程度にやられることはないが、モンスターも加護を宿していて、誰かを殺すことで成長できるのだ。

モンスターは強力な加護を持って生まれてくることは少ないが極稀《まれ》に例外もある。

俺も一度『ウェポンマスター』の加護を宿したフロストウルフが、剣を咥《くわ》えて暴れまわっていたのを討伐したことがあった。

「『勇者』ヴァンの件があるからここで片付けておきたいところだな。もし俺達で対処できなければゾルタンに連絡が行くだろう。そうしたら困っている人を見捨てられない『勇者』がこの村へ来る可能性がある」

「それはマズイよね、ここで対処しないと」

リットは腰に佩《は》いたショーテルの柄に触れる。

グリフォンの羽根のあしらわれたリット愛用のショーテル。

遺跡に眠るような伝説にある魔法剣ではないが、軍事大国ロガーヴィアの技術で鍛えられた業物だ。

リットがいてくれるおかげで、俺はこの先にどんな強敵が待ち構えているとしても安心して背中を預けられる。

「こっちよ」

「分かった」

リットに案内されてさらに森の奥へと進んでいく。

「それにしても」

地面を注視して歩きながらリットがつぶやくように言った。

「村の人達が協力的で助かったよね」

「確かに、部外者である俺達の話を信じて避難してくれて良かった。いくらルーティでも、1人で村全体を守るのは難しい。ルーティが負けることはありえないが、離れたところを同時に襲撃されたら被害が出てしまうかも知れない」

ルーティは最強だが、それでも1人の人間だ。自分がいない場所までは守れない。

だが家や畑を離れて避難するという判断を即座に下すのは勇気のいることなのだ。

この村の人達は勇気ある人達だ。

「これもレッドがケイトさんを助けたからだね」

リットはそう言って笑うと、言葉を続ける。

「偶然だったかも知れないけど、あのおかげでみんなレッドのことを信頼するようになった、その信頼によって誰も犠牲にならず解決できる。オーガキンを倒すのはレッドと私の剣だけど、この村を救ったのは薬屋レッドの優しさなんだよ」

リットの声は嬉《うれ》しそうだ。

俺が信頼されたことを自分のことのように喜んでいる。

……俺も、リットが喜んでくれていることが何よりも嬉しい。

騎士であることを辞めた俺だが……リットにとってだけは、誇りに思える恋人でありたいと思う。

それからは会話を止め、探索に集中した。

しばらく進むと、風の向きが変わった。

「なるほど」

地形の関係なのだろう。

この一帯の森は風が村の方へ流れないようになっている。

鼻につくオーガキンの獣臭を、この風が隠していたのだ。

「近いな」

「だね」

剣を抜いて警戒を強める。

「こんなところを見つけて隠れているなんて知恵が回るやつだ」

「ますますオーガキンっぽくないね、〝世界の果ての壁〟から下りてきたのかも」

リットの顔つきが凛々《りり》しくなる。英雄リットとしての顔だ。

これもまたとても魅力的なリットの顔の1つだ。

「ふふっ、休暇をのんびり過ごすレッドの顔も好きだけど、今の戦いを前にしたかっこいいレッドの顔も好きだよ」

「俺も同じことを考えていた」

その時、前方に気配を感じた。

俺達は会話を止め頷き合って、そこからはハンドサインのみで会話する。

木々の間から覗《のぞ》くと森の中に木陰で雨を凌《しの》ぐオーガキン達の姿が見えた。

……２種のオーガキンがいるようだ。

１種は普通のオーガキン。ゾルタン周囲の山でも見かけるやつらだ。

もう１種は、全体的にはオーガキンの特徴を備えながら、アンバランスなほど頭がでかく、さらに右腕の筋肉が異常発達している。

あれは突然変異種なのか？

どのような加護を持っているか観察する……が。

「……分からないな」

突然変異種だからか、動きによって加護の特定ができない。

『戦士』のようでもあり、『妖術師《ソーサラー》』のようでもあり、『祈禱師《アデプト》』のようでもある。

こんな感覚は初めてだ、気味が悪いが注意して戦うしか無いだろう。

……よし。

俺はリットに合図を送ると同時に飛び出した。

〝雷光の如き脚〟で一気に斬り込み、突然変異種のオーガキンに一太刀浴びせる。

「グオッ!?」

オーガキンの巨体が崩れ落ちた。

「問題なく倒せるか」

反応速度や耐久力は、少なくとも俺の一撃に対応できるほどではない。

「グオオオ!!!!!」

咆哮《ほうこう》を上げたオーガキン達の動きは、はっきりと分かれていた。

通常種は急な襲撃に混乱したまま、両腕を振り回して俺に襲いかかってきた。

「こっちはセオリー通りね！」

続いて飛び出したリットが、オーガキン達を背後から斬り捨てていく。

オーガキン達はますます混乱し、腕を振り回して仲間同士で殴り合っている有り様だ。

だが。

「やはり手強《てごわ》いか」

突然変異種達は俺から距離を取り、単純な横陣ではあるが陣形を組んで俺とリットを観察している。

オーガキンにはまず見られない行動だ。

「それにあいつら武器を持っている!!」

リットが叫んだ。

突然変異種の異常発達した右腕には、奇妙な光沢を放つ金属の塊が握られている。

「あれは古代エルフの遺跡にいたクロックワークの部品だ！」

「てことはあいつら古代エルフの遺跡にいたの!?」

突然変異種が棍棒《こんぼう》として握っているものは、古代エルフの遺跡を守るクロックワークの部品だ。

「気をつけろリット！」

「うん！　あいつらから嫌な圧力を感じる！」

だがいつまでも待っていては何をされるか分からない。

俺は銅の剣を構えて一気に駆けた。

突然変異種は太い右手を振り下ろす。

「ガアアッ!!」

「こいつ!?」

突然変異種の一撃は、俺の頭ではなく剣を狙っていた。

予想外の攻撃に俺は剣を下げて一撃をかわし、太ももの内側を斬りつけながら間合いを取った。

「ギィイ……！」

脚を斬られた痛みで突然変異種は怒りの声を上げるが、不用意に飛び込まず間合いを取ってこちらの隙を窺《うかが》っている。

今のは素朴だが明らかに相手の武器を狙って無力化する動作……力任せの暴力ではなく技を伴う武術だった。

「レッド!!」

リットが警告の叫び声を上げた。

目の前にいる突然変異種の左手が印を組んでいる。

「魔法か！」

防ごうと斬りかかったところを、左右から別の通常種のオーガキン達が襲いかかる。

やつらを斬り伏せるのは一瞬だったが、魔法の発動を許してしまった。

「スリープ！」

人語を解さない怪物の口から魔法の名が発せられ、眠りの魔法が俺の周りで光を放った。

突然変異種の顔が歪《ゆが》んで笑う。

だが、俺は眠りに落ちること無く突然変異種の大きな顔を両断した。

「魔法の強度は普通だな、俺やリットの脅威になるレベルじゃない」

武術も魔法も、驚きはしたが強力なものではない。

だが、一つ一つの技から感じられる加護レベルと突然変異種自体の強さが一致しない気がする。

　こんな感覚は初めてだ。

「……考察は後にしよう、奇妙でも倒せない相手じゃない！　リット、合わせてくれ！」

「うん！」

　俺はリットと連係し、次々にオーガキン達を倒していった。

＊　＊　＊

「グガアアアア!!!」

　オーガキンの腕が震え、武技：連続剣が放たれる。

　一呼吸の間に２度の攻撃を加える基本技にして幅広い状況で活躍する強力な武技。

　だが武器の相性が悪い。武器として設計されたわけではないクロックワークの部品では、攻撃速度を活《い》かしきれない。

　オーガキンの連続剣はただ振り回しているだけの大雑把《おおざっぱ》な攻撃にしかなっていなかった。

　俺は２つの攻撃を軽く受け流し、剣でオーガキンの首を貫いた。

「ガッ……!!」

　剣を引き抜くと血が吹き出す。

オーガキンは武器を捨て、両手で首をかきむしるような動作をした後、倒れた。

「ふう、これで全部だな」

「お疲れ様ー」

苦戦するほどではなかったが、とにかく不気味な相手だった。

不気味さの原因は、加護による個体差が無かったことだ。

同じ正体不明の加護を、こいつら突然変異種すべてが宿していた。

まるで種族で1種の加護しかもたないデーモン種のようだ。

リットはまだ剣を納めず、死んだふりをしているオーガキンがいないか見て回っている。

その間、俺は最後に倒れた突然変異種オーガキンの死体を調べることにした。

「やはり山の古代エルフの遺跡にあった部品か」

俺は突然変異種達が振り回していた武器を手に取る。

ずっしりと重いその即席棍棒は、普通の人間には扱えそうにない。

「こいつらは古代エルフの遺跡に入ったのか？　入り口の昇降機はルーティが壊してしまっていて普通のモンスターは入れないはずだが、別の入り口があったのだろうか？」

あの遺跡にはずっと行っていない。

時間ができたら久しぶりに調べに行くべきか……。

「ん、なんだこれは？」

　突然変異種の死体には奇妙な部分があった。

　首に入れ墨のようなものがあったのだ。

　だがこれは入れ墨とは違う未知の塗料によるものだ。

「古代エルフの文字か」

　書かれているのは2行の文字。

　何と書かれているのかは読めないが……この文字はどこかで見たことがあるような。

「レッド！　他の突然変異種の首にも全部同じのがあるよ！」

「全部か……うーん、どこで見たのか思い出せそうなんだが……」

「私も1行目はどこかで見た気が……」

「リットもあるのか？」

「私は古代エルフの文字についてほとんど勉強していないから、本とかじゃないと思うんだけど」

「うーん……」

　俺達は文字を眺めながら2人で首をひねる。

「思い出せないな、仕方ない、とりあえず紙に写して村へ戻ろう。別働隊はいないと思うが、今夜一晩くらいは警戒しておこう。まぁこれだけやっつければ、仮に残りがいても逃げ出すだろう」

「うむ、どこで見たんだろうな？」

まだ思い出そうと眉《まゆ》をハの字にして唸《うな》っているリットを連れ、俺は村へと戻った。

しかし、勇者ヴァンがゾルタンにいるというのに、なんでまたこんな事が起こるのか。

偶然なのだろうが、そこに何か意地の悪さのようなものを感じてしまう……。

「デミス」

俺は誰にも聞こえないほど小さな声で、神の名をつぶやいていた。

＊　＊　＊

翌日、朝。

村に戻り、俺達は夜が明けるまで見張りをしていたが襲撃は無かった。

オーガキン達の脅威は去ったと見ていいだろう。

「皆さん、ありがとうございました!!」

村の人達から熱烈な感謝の言葉を受け、２日後に俺達のために宴を開いてくれる事となった。

「ケイトの命を救ってくれただけではなく、村に迫る危機までも救ってくださるとは、レッドさん達は村の恩人です！」

村長のお婆さんはそう言って、俺達一人一人に何度もお礼を繰り返した。

「この小さな村には差し上げられるほどのものはありませんが、滞在中必要なものがありましたら、何でもおっしゃってください」

「ありがとう、でももう色々なものを貰《もら》ったから大丈夫だよ」

村の人達は自分の家で作っているものをお礼と言って持ち寄ってきた。

食材、調味料、酒、油、蠟燭《ろうそく》、石鹸《せっけん》、様々な小物、服、麻のロープ、肩こり軟膏《なんこう》、孫の手、子供達の寄せ書き……。

コテージにある小さな倉庫がいっぱいになってしまいそうだ。

そして、俺達はようやくコテージへと戻ってきた。

「ただいまー」

「ただいま」

リットとルーティはそう言ってから中へと入った。

ちょっとした散歩のつもりだったのが、随分長い散歩になってしまったな。

「んー、楽しかった」

リットはぐっと伸びをした。

楽しいと言ってくれるのか。

「とりあえずお風呂《ふろ》！　散歩して、子供達と訓練して、森の中を歩き回って、オーガキン達と戦って、朝まで寝ないで見張り……もう身体ベトベトだよ！」

「確かにちょっと汚れたな、野外用の服に着替えて正解だった」

普通のオーガキン程度なら返り血も浴びずに倒せるのだが、今回の突然変異種は思いの外苦労させられ、いくらか返り血も浴びてしまった。

早いところお風呂に入りたい。

「でもここにはゾルタンみたいに水道がないから、井戸から汲《く》んで水を溜《た》めないと」

本来ここにくる客は貴族を想定しており、井戸から浴槽いっぱいの水を汲み出すのも使用人にやらせるのだろう。

水を温めるのも外のボイラーに薪《まき》を入れて温度調節しなければならない。

それが面倒で、ここではお風呂に入っていなかったのだが……今日はゆったり湯船につかりたい気分だ。

「それじゃあ、俺がもう一仕事するか。お風呂準備してくるから、2人はゆっくりしていてくれ」

俺はそう言って井戸へ向かおうとするが……。

「だめ」

ルーティに服の裾《すそ》を掴《つか》まれた。

「お兄ちゃんはたくさん頑張った。だから今日はゆっくりしないとだめ」

「ん、いや、ルーティも知っている通り、俺は耐久スキルマスタリーの〝完全疲労耐性〟があるから肉体的には疲れていないんだ。身体が汚れて不快だとか、徹夜で頭がちょっと重いってのはあるけど、それはみんな同じだろうし」

「お兄ちゃんが疲れないのは問題じゃない」

なにやら真剣な表情だ。

ルーティはじっと俺の顔を見ながら言葉を続ける。

「お兄ちゃんは頑張った、だから私がお兄ちゃんを労《いたわ》りたいの」

ルーティはそう言って裾を引っ張る。

「お兄ちゃんは休んでて」

「……分かった、ありがとうルーティ」

「ううん、お疲れ様お兄ちゃん」

ルーティは微笑むと俺の手を両手でギュッと握る。

「お兄ちゃんはいつだってかっこいい」

そう言ってから、ルーティはお風呂の準備へと向かった。

「嬉《うれ》しそうだねレッド」

そう言うリットも嬉しそうに笑っている。

「もちろん嬉しいさ、あんなに優しい妹がいて俺は幸せなお兄ちゃんだよ」

「ふふっ、そうね……『勇者』から解放されたルーティは本当に優しい子になった。ちょっと皮肉だよね、デミス神が『勇者』であることを強制していた頃より、今の方がずっと『勇者』らしい優しい子になるなんて」

「そうだな……以前のルーティは、『勇者』であることを強制されていただけで、そこにルーティの意思が無かったから。勇気や優しさというものは、加護から与えられるものじゃなくて、自分の心の中から生まれるものなんじゃないかな」

ルーティはどんどん魅力的になっている。

日々成長していくルーティを見ていることが、俺にとっても楽しくて仕方がない。

ルーティが『勇者』から解放されて本当に良かったと思う。

「さて、ルーティがお風呂を用意してくれている間に私達も着替えないと」

「確かに血で汚れた服のままコテージをうろつくのは掃除が大変になるな」

俺は汚れた自分の服を見て顔をしかめた。

こんなに汚してしまうとは、俺もまだ修行が足りない。

「って、リット！　なんでいきなり服を脱いでいるんだ!!」

俺が視線を上げたその先には、服を脱いで下着姿になろうとしているリットがいた。

「いや、汚れた服を着替えるって言ったじゃん、レッドも早く脱いでよ」

「それはそうなんだが、俺にも心の準備というものがあってな……！」

「もう見慣れたものじゃない？」

そう言ってリットは笑うが……リットだって顔が赤くなっている。

「さぁさぁ、服は洗濯桶《おけ》に浸《つ》け置きしておくから、レッドも早く脱いで！　レッドが恥ずかしがるから私まで恥ずかしくなってきたじゃない！」

下着姿で腰に手を当てて言う。

やっぱりリットは胸が大きいな……。

「何なら私が脱がせてあげようか？」

多分本人は妖艶《ようえん》なキャラを演じて言ってるつもりなのだろうが、照れて声が上ずっている……可愛いだけだ。

そんなリットを見ているおかげで、俺の方は冷静さを取り戻してきた。

「大丈夫だ、今脱ぐよ」

俺も服を脱いで下着だけになる。

「……リット」

リットは両手で目を塞《ふさ》いで「むー」と唸っていた。

「私にも心の準備というものがあります」

「脱げって言ってたくせに」

全くこれだからリットは可愛い。

俺は我慢できなくなり声を出して笑った。

最初は「笑うなー」と言っていたリットも我慢できなくなった様子で一緒になって笑う。

リットと一緒に笑うことで、俺は戦いが終わって、平和な時間《スローライフ》が戻ってきたと実感することができる。

俺の隣にリットとルーティがいてくれて良かった。

ひとしきり笑った後。

「ふぅ、それじゃあ服を洗濯桶に片付けるか」

ようやく俺達は服を片付ける気になった。

洗濯桶も井戸の側か。

俺は床に置いた服を拾う。

その時、ひらりと紙切れが落ちた。

「あっ、忘れるところだった」

「何？」

「ほら、オーガキンの首に書いてあった古代エルフ文字2行の写しだよ」

「ああ、あのどこかで見たけど思い出せないやつ！」

下着のまま、リットは俺に身を寄せながらメモを覗《のぞ》き込む。

ゾルタンではいつも同じベッドで寝ているのにドキリとしてしまう。

「うーん、やっぱりどこかで見たことあるんだよねぇ」

リットはもどかしそうに言った。

「リットは1行目だけ、俺は2行とも見覚えがあると……」

「ふむむ」

俺達は首をひねりながら井戸へと向かう。

そうだ、ルーティにも聞いてみるか。

「ルーティちょっと聞きたいことが……」

「お兄ちゃん、何？」

井戸から水を汲《く》み上げていたルーティは……すでに下着姿だった。

井戸のロープを操作していたので、丸いお尻《しり》を突き出すような体勢になっているのだが、下着姿だと色々危ない。

「ええっと……」

「予想通り、お兄ちゃんは服を脱いでいると思った」

ルーティの口角が少しだけ上がる。

あれはルーティなりのニヤリと笑っている表情だ。

「洗濯桶には水を張ってある、あとは入れるだけ」

「あ、あぁ……さすがルーティ、俺の自慢の妹だ」

「えへん」

　少々面食らいながらも、俺とリットは洗濯桶に服を入れた。ルーティの服もわざわざ側に畳んであったので一緒に入れる。ルーティの服は手触りが良いな。

「それでお兄ちゃん、聞きたいことって？」

「ああ、これなんだが」

　俺はメモを渡す。

「オーガキンの首に書かれていた古代エルフの文字なんだが、どこかで見た気がしてな。ルーティは憶《おぼ》えていないか？」

「うん1行目は憶えている」

　ルーティはあっさり頷《うなず》いた。

「私はお兄ちゃんとの思い出はすべて記憶している。これは〝世界の果ての壁〟で戦ったジェムビーストに刻まれていた古代エルフ文字の一文と同じもの」

「ジェムビースト！　そうかあの時か！」

　巨大な亀のような姿をした魔法を吸収する恐るべき怪物。

　1人につき1つの加護が宿るというこの世界の大原則を覆す、無数の加護を宿していた古代エルフが作った異形の存在。

ルーティですら苦戦した強敵だった。

その甲羅に刻まれていた文字が、このメモの1行目と一致する。

「どういうことなの？　ジェムビーストとあの突然変異種オーガキンに何か関係があるということ？」

リットが驚いた様子で言った。

「……思い当たる節はある。俺はあのオーガキン達が何の加護を持っているのか特定できなかったんだが、ジェムビーストと同じように複数の加護を与えられていたのだとしたら納得できる」

『戦士』のようでもあり『妖術師』のようでもあり、『祈禱師』のようでもあった違和感。

1つ1つの動きから感じる加護レベルの低さと、それに見合わない奇妙な手強《てごわ》さ。

「それが3つの加護を同時に宿していたのならすべて辻褄《つじつま》が合う」

「でもじゃあなんで古代エルフがオーガキンなんてモンスターを作ったの？」

「……あくまで予想なんだが」

俺はそこで一度言葉を切り、自分の中にある『導き手』の加護に触れる。

俺の加護レベルは高く、ゾルタン周辺の敵を倒したくらいではレベルアップは望めない。

「それでも、あの程度の相手の割には加護の成長を感じた。多分、あのオーガキンは1体倒せば、宿る加護と同じ数だけの敵を倒したものとして加護が成長するんだ」

「もしかして古代エルフはそのために？」

「ああ、加護を成長させるための餌として、複数の加護を宿したオーガキンを作ったんじゃないのだろうかと思う」

　オーガキンはオーガと人間の間に生まれた末裔《まつえい》とされている。

　だが、オーガと人間の間に子供は作れない……普通の方法ならば。

「ここまで来ると予想じゃなくて、空想の域ではあるけど……オーガキンという種族自体が、古代エルフが加護レベルを成長させるためのモンスターとして俺達の知らない古代の技術で作ったモンスターなのではないだろうか」

「……古代エルフは謎が多いけど、そうだとしたらなんか嫌な奴らね」

「そりゃあ……古代エルフの遺跡にはどこも性格の悪い罠《わな》とかあったりするしな」

「確かに！」

　リットも古代エルフの遺跡には苦労させられた経験があるのか、何度も頷いていた。

　その仕草が可愛くて、俺は少し笑ってしまう。

　その瞬間、記憶の中にあったピースがピタリと嵌《はま》った。

「そうだ、古代エルフの遺跡だ！」

「ど、どうしたの急に叫んで」

「2行目の文字だよ！　どこで見たのか思い出した!!」

古代エルフの遺跡で思い出した！

「これはあの山の遺跡の奥にあった文字だ！」

「私が調べた遺跡だね」

ルーティが興味深そうに言った。

悪魔の加護事件でシサンダンと戦ったあの遺跡で、俺はこの文字を見ている。

「勇者管理局だ」

「ゆうしゃかんりきょく？」

「この古代エルフの文字と一緒に、ウッドエルフの粘土板が置いてあったんだ。そこに書かれてあった言葉が勇者管理局だ」

「『勇者』を管理する局……？」

ルーティは困惑している様子だ。

『勇者』の力の凄《すさ》まじさと、衝動の厳しさはルーティが一番良く理解しているだろう。

それを管理するというのがどれほど難しいことかも。

あのオーガキン達は勇者管理局のために作られたモンスターだということなのかもしれない。

多分考えることは色々あるのだろうけど……。

「あー、すっきりした」

俺は思考を打ち切り、笑ってそう言った。

「思い出せないのがずっと引っかかってたんだ、これで気持ちよくお風呂《ふろ》に入れる」

「……そうだね、今はお風呂の方が大事」

これ以上のことは考えても仕方がないのだ。

勇者ヴァンがゾルタンを出ていくまで俺達は休暇中だ。

状況が落ち着いてから、好奇心を満たすために調べてもいいが、それも今考えることではない。

「水はこれで十分、すぐにお風呂を沸かすから待ってて」

そう、まずはお風呂に入ってさっぱりすることが最優先なのだ。

＊　＊　＊

お風呂から上がり、俺は卵を茹《ゆ》でて手早くたまごサンドを作る。

飲み物はゾルタンから持ってきた茶葉を使った紅茶を。

徹夜明けだし、食事を終えたら俺は昼寝してしまおうか。

「いいねぇ、3人並んでぐっすり寝ようか」

「お兄ちゃんは真ん中」

お風呂に入って体も温まり、まったりとした雰囲気が流れている。

今眠ったら気持ちいいだろうな。

「魔王軍と戦っていた頃は、レッド全然眠らなかったよね」

リットが優しい顔で言った。

「3日くらい戦い続けて、3時間寝たらまた起きて次の場所へ移動するとか平気でしてたんだもの、すごい人だなとは思っていたんだけど倒れるんじゃないかと心配で」

「ロガーヴィアではよく、『あんたの出る幕じゃないから、大人しく部屋で寝とけ！』って毛布投げつけられたな」

「うぅ、今思い返すと恥ずかしいな。あの頃の私ってどうしても素直になれなくてごめんね」

「リットが俺のことを心配してくれているのは伝わってたよ、ありがとう」

「うぅ……えへへ」

リットが顔を赤くしながら笑った。

その時、ルーティがピクリと反応した。

「うげうげさんが来た」

ルーティは立ち上がると窓を開く。

俺達のコテージの中へヒラリと小さな影が舞い降りた。

「ようこそ、うげうげさん」

鳩に乗ったうげうげさんは前脚を上げて挨拶《あいさつ》する。

「ティセからの便り」

ルーティはうげうげさんの脚に結ばれているメモを取って俺に渡す。

何の便りだろう？　俺は書かれている文字に目を通した。

「ふむふむ、どうやら勇者ヴァンは魔王の船を海まで運ぶことに成功したようだ」

「あんなに巨大なものを本当に運べたんだ！」

リットが驚いて声を上げた。

ベヒモスの指輪と霊薬《エリクサー》があればできるはずとは思っていたが……。

「実際にできたと分かると驚くよな」

「うん、すごい。あれは私でも運べない」

ルーティもそう言って感心したように頷いている。

「となるとこの休暇ももうすぐ終わりかな？　魔王の船を回収したら、もうゾルタンに留《とど》まる理由もないだろうし」

リットは少し名残惜しそうに言った。

「いや、そうでもないらしい」

「え？」

「どうやら出ていく前にヒルジャイアント《丘の巨人》のダンタクを討伐しに行くそうだ」

「なんで？」

リットは意味がわからず目を丸くしている。

ダンタクは、仲間のヒルジャイアントと共にゾルタンの領土の一部を占領しているモンスターだ。

巨人達を倒して領地を奪い返した者には、貴族として取り立て占領されていた土地の領主になれるという褒賞まで付けたのだが、これまでずっと放置されていた。

ゾルタンの冒険者には手の余る相手というのもあるが、住んでいた人々を追い出してから、それ以上被害を広めることもなく奪った城を拠点に大人しくしているというのもある。

怠惰なゾルタンの気質は、領土を取り返すよりこれ以上被害が出ていないなら放置しようという方向で考えられていたのだ。

まぁゾルタンから結構離れているし、巨人に占領されて荒れ果て住んでいる人もいない土地なんて貰《もら》っても仕方がないというのもあるだろう。

「なんで通りすがりの『勇者』がわざわざ辺境の小物モンスターを倒していくの？」

「『勇者』は困っている人を見捨てられない……けど、別にゾルタンは困っていない」

リットの質問に元勇者であるルーティも首を傾げた。

俺達がこの村でオーガキンを倒したのは、それが〝変化〟だったからだ。

これまでいなかった場所に新しいモンスターが現れる。

そうした〝変化〟は、大きな被害をもたらすことがある。

優秀な冒険者の調査というのは、この〝変化〟を察知して被害を未然に防ぐことだ。

だが、ダンタクの件は特に何か変化があったという報告はないと思う。

うーん、理由が分からないな。

「ティセからのメモには何か書いていないの？」

「討伐の理由までは書いていないな、ただティセが道案内として同行するらしい」

「ティセが!?」

ティセは中々大胆なことをする。

だがティセはゾルタン一の冒険者で、勇者のパーティーに同行する冒険者として選ばれることは自然な流れだ。

勇者ヴァンのパーティーとティセとではエスタとしか面識がないはずだし、暗殺者であるティセの顔や名は枢機卿《すうききょう》だって知らない情報だろう。

「大胆、でも有効。さすがティセ」

「……だけど心配」

ルーティは親友の行動に感心して褒めている。

「そうだな、ヴァンがどういう人間かは分からないが、『勇者』と共に行動するのは危険を伴う」

　もしヴァンがティセを敵だと認識したら。

　ティセの戦闘能力は人類最高峰の1人だが、かつてのルーティのような圧倒的な『勇者』の力が相手ではティセでも逃げ切れない可能性が高い。

　心配だ。

「だが俺達が出ていったらすべて台無しだ。今、俺達にできることは何もない」

「分かってる」

　ルーティはもどかしそうに首を振った。

「うげうげさん」

　ルーティはうげうげさんをじっと見つめて言葉を続ける。

「もしティセが危ないようなら私のところへ来て。たとえ教会や『勇者』が相手でも、私の親友を傷つけることは許さない」

　ルーティの迷いのない言葉にうげうげさんは嬉《うれ》しそうに飛び跳ね応《こた》えたのだった。

第四章 好意と悪意

私はティセ・ガーランド。

『アサシン』の加護を持つ暗殺者ギルドの暗殺者にして、今は勇者ヴァンの道案内をしている冒険者。

そして勇者ヴァンの思想の激しさに、こいつはやべえっと心の中で震えているこの世界で生きる一般人だ。

私が今いる場所はゾルタンから離れた土地にあるヒルジャイアント《丘の巨人》のダンタクの居城。

ヒルジャイアントは巨人種の中でも最もありふれていて、人間との関わりが多い巨人だ。

ヒルジャイアントという名前の通り、小高い丘や山の麓《ふもと》に住むことの多い巨人だが、温暖で食料が豊富な場所ならどこにだって現れる。

つまりは人間の住みやすいと思う環境は、ヒルジャイアントにとっても住みやすい環境なのだ。

そのため、人間との争いが最も多いと言われる巨人種の一種である。

　村の英雄が怪物を倒すという昔話に出てくる定番のモンスターとして、よく知られている。

「ヒルジャイアントの知能は人間より若干低い程度で、『鍛冶師』や『鎧《よろい》職人』の加護持ちがいれば武具さえ作る。体格と腕力の差は見たまま、繁殖力も……まぁ人間の人口が増える速度を繁殖力などと言うのは適切ではないのかもしれないが……ヒルジャイアントも人間と同じくらいの速度で成長し、子供を生む」

　リュブは聖職者らしい説教顔でヒルジャイアントについて勇者ヴァンに説明している。

「にもかかわらず、ヒルジャイアントの暴政が長く続いたことはない。最後には常に人間が勝利してきた。ヴァン君、なぜだか分かるかね？」

「はい！　デミス様の御意志だからです！」

「そうだ、ヒルジャイアントには英雄的な加護が与えられない。だから最後には必ず人間に負けるのだ」

「巨人種の大半は『闘士』の加護持ちなんですよね！」

「そうだね。身体能力を上げることしかできない『闘士』の加護が最も劣った加護として存在するのは、この世界の理《ことわり》を神が我々に示していると言えるだろうね」

「そうですね、『闘士』の加護は大きな役割を持たないその他大勢を意味する加護。『闘士』の加護を持っている人に価値はありませんが、『闘士』の加護が持つ意味は信仰上とても大きな意味を持っています」

「うむ、デミス神が一般人である役割の加護に『闘士』という名をお付けになったのはなぜか。すなわち、この世界に住むすべての生き物は加護を成長させるために〝闘わなければならない〟というご意思であり、自分より肉体的にずっと優れた相手であろうとも、神が我々に授けてくださった加護に比べたら大した力ではないというご意思なのだ」

リュブの言葉にヴァンは何度も頷《うなず》いていた。

道案内のため先頭に立つ私は内心、少し白けた目でそんな2人の声を聞いていた……表情には出さないけど。

だって私の大切な相棒であるうげうげさんは『闘士』の加護持ちなのだから。

私の人生においてうげうげさんがどれだけ重要な存在なのかはとても語りきれない。

肩に乗るうげうげさんは、ヴァン達の暴論を気にした様子も無く空に浮かぶ白い雲を見上げている。

「ティセはどう思う」

隣を歩くエスタ様が私に質問した。

「枢機卿閣下がそうおっしゃるのだから、そういうことなんでしょう」

私は当たり障りのないように、そう答えた。

「そうか、では野営の時にまたこっそり聞くとしよう」

エスタ様は肩をすくめて笑う。

仮面を被っているせいか、エスタ様はテオドラ様として私と一緒に旅をしていた頃からちょっと性格が変わった気がする。

肩のうげうげさんもエスタ様を見て目を丸くしていた。

「ふっ、こうしていつもヴァンとリュブの問答を聞かされていれば、ティセのような反応が恋しくなるものだ」

テオドラ様はそんなこと言わない。

うげうげさんは面白そうに脚をバタバタしている。うげうげさんは今のエスタ様が気に入ったようだ。

私達が今いる場所はダンタクに奪われた城の裏手。

これから城に侵入してダンタクを討ち取るのだ。

「あの、確認しますけど、私は道案内だけで、戦闘は皆さんにお任せして良いんですよね？」

「ああ、もちろんだ。そうだろうヴァン？」

エスタ様がヴァンにそう言った。

「そういう約束ですからね、でも倒せる相手がいたら戦ってもいいですよ！」

「戦ってもいいとは？」

「はい！　モンスターを倒して加護を成長させるのは善き行いです！　善は契約より大切ですから！」

無邪気に笑うヴァンを見て、私はますます警戒心を強くした。

「いえ、私は巨人と戦う自信がありませんので、城に入ってからはランタン持ちでもさせてもらいます」

「そうですか、残念です」

ヴァンは言葉通りに残念そうな顔をして、言葉を続ける。

「ではもっと強くならないといけませんね、神はいつでもあなたを見ていますよ」

……私はこの勇者をどうしても好きになれそうにない。

*　　*　　*

巨人種は基本的に人間より夜目が利く。

城の中は薄暗く、嫌な臭いのする油が入った燭台《しょくだい》には火がついていない。

窓から差し込むわずかな明かりだけで、ヒルジャイアント達は真昼の丘のようにこの廊下を見通すことができるのだろう。

私はパーティーの後方に立ち、ランタンを掲げてあとに続く。

剣は抜いていない、私の目的は巨人を倒すことではなく勇者ヴァン達について知ること
だ。

「来るよ！」

ヴァンの懐にいたラベンダという名の妖精《ようせい》が叫ぶ。

天井に頭をぶつけながら、ヒルジャイアント達が走ってきた。

さらに。

バギィ！

板が砕ける音と共に2体のヒルジャイアントが、横の部屋から飛び出す。

豪快な不意打ちだが、さて勇者ヴァンはどう対応するか。

「はぁっ！」

ヴァンの剣が2度振るわれる。

ヒルジャイアントの頭がごとりと落ち、血が吹き出して周りを汚す。

返り血を浴びるのも構わず、ヴァンは笑って次の敵へ視線を移した。

剣速は恐ろしく速かった、それに一太刀で正確に首を落とす技量もある。

やはり『勇者』だ……多分私より強い。

「ホーリーブレッシング！」

リュブの手から放たれた光と共に、周囲一帯を味方の力を強めモンスターの力を弱める法術が覆った。

リュブは法術魔法での援護に徹している。

「ここに到れば私も戦うより他ないな」

エスタ様は廊下という狭い環境など忘れるような自在な槍《やり》さばきで近づいてきたヒルジャイアントを倒す。

「いっけーヴァン！　やっちゃえヴァン！」

ラベンダはヴァンの周りを飛び回りながら応援している。

積極的に戦ってはいないようだが、油断なく周りを警戒しヴァンが死角から襲われることがないようにしている。

……その警戒対象には私も含まれているようだ。

ラベンダはヴァン以外の人間を信用していない。

「ヴァン!!」

ラベンダが叫んだ。

風を切る音と共に槍ほどもある矢がヴァンを狙って飛ぶ。

廊下の奥、羽根飾りのついた兜《かぶと》を被った他のヒルジャイアントより一回り大きなヒルジヤイアントがいる……あれがダンタクだろう。

「おっと」

ヴァンは左手の盾で飛んできた矢を受け流した。

ダンタクが構えているあれは攻城戦用バリスタ……もとの城主の持ち物だろう。

本来ならてこを使って弦を引くものだが、ダンタクは巨人の腕力で素早く再装填《さいそうてん》している。

盾で受けられるようなものではないはずだが、盾には傷一つついていない。

強力な魔法の盾だ。

「次が来るぞ！」

エスタ様が叫び法術で防ごうとするが。

「うん、小者かと思っていたけど中々努力してるじゃないか！」

エスタ様が法術を発動するより早くヴァンが廊下を疾走した。

「ウガァ!?」

驚き叫ぶダンタクへヴァンは剣を振り上げ飛び掛かる。

「人間を殺さず城に引きこもっているなんて、なんて不信仰なモンスターなんだと見くびっていたんだ！　でも今の殺意はすごく良いね！」

「オマエハナンダ!?」

「悪を討つ者、勇者ヴァン！　君もモンスターならもっと邪悪に人々を殺し、そして僕に殺されておくれ！」

「ユウシャ？　オマエミタイナノガ……」

ダンタクの言葉を最後まで聞くこと無く、ヴァンはダンタクの首を両断した。

「悪は去った」

巨人を殺したヴァンの表情は、とても爽《さわ》やかなものだった。

そうか、あれが『勇者』の衝動に従うということなのか……。

ルーティ様を最初から怖がっていなかったうげうげさんが私の肩からカバンへと移動する。

それからうげうげさんは、「ヴァンは恐ろしい人間だ」と、私にそっと伝えたのだった。

＊　　＊　　＊

夜。ゾルタンの街道沿い。

私は焚《た》き火の前で1人見張りをしながら夜を過ごしていた。

「うげうげさんは寝てていいよ」

私はそう言っても、うげうげさんはフルフルと頭《かぶり》を振る。

私がうげうげさんのお腹《なか》を指でそっとなでると、うげうげさんはゆらゆらと喜んだ後、私の頬にそっと寄り添った。

「隣に座ってもいいか？」

声がした。

近づいてくる気配は分かっていたので別に驚かない。

「どうぞ」

私が答えると、エスタ様は隣に腰を下ろす。

それから手にしていた鍋と三脚を焚き火に置いた。

鍋《なべ》の中にはニンニクのスープが入っているようだ。

しばらくすると、スープから白い湯気が立ち上り始めた。

「夜食にどうだ？」

「いただきます」

エスタ様はスープをコップによそう。

食べてみると中々美味《おい》しかった。

「………」

「リュブはぐっすりと眠っている、彼は強いが冒険者としての心構えはからっきしだ。ヴァンとラベンダはいつものように夜通しモンスターを狩って加護レベルを成長させている。

朝まで戻ることはない」

話を聞かれる心配はないということか。

「なんというか、あの『勇者』は無茶苦茶《むちゃくちゃ》ですね」

「全くだ、同情してくれ」

エスタ様は苦笑して言った。

「ルーティとの旅も難しいと思うことがあったが……ルーティがどれだけ『勇者』らしい人格者だったのかと思い知らされたよ」

「ヴァンさんは『勇者』の加護の衝動や信仰に忠実なのだと思いますよ」

「『勇者』とは神の摂理の体現者か……だが、私達が知る過去の『勇者』はそうだったか？」

「先代『勇者』はもうおとぎ話になっていますから」

「伝え語られるうちに、人々から嫌われるようなエピソードは消えていったか……ふうむ」

エスタ様は首をひねって唸《うな》った。

「そういうものか」

「どうなんでしょうね、私はそういうの専門じゃないので」

暗殺者仲間には物語に詳しい友達もいたけれど。

彼女に聞けば分かることもあるかもしれない、でも今どこで何をやっているのやら。

私はまた一口スープを飲む、だんだん身体が温まっていくのが分かる。

「エスタ様が料理を嗜《たしな》んでいるとは思いませんでした」

「ふっ、私も料理スキルを取ったんだ。やってみると野営の中で料理を作るというのがどれだけ難しいか思い知らされるが、料理は楽しいものだ」

　エスタ様は自慢げに言った。

　やはりエスタ様はテオドラ様だった頃と比べて、性格が柔らかくなっている。

「それはレッドさんの影響ですか？」

「そうだな、私は彼になることを目指している……新しい『勇者』があのザマじゃ理想はまだほど遠いが」

　エスタ様は自《じ》嘲《ちょう》気味に笑った。

　まぁあの『勇者』を導くことができるのかと言われたら、正直私はできないと思う。彼は誰よりも自分の中にある加護を信じている。

　このゾルタンで私が戦ったはぐれアサシンのドログ達もそうだった。

『アサシン』の加護の衝動だけを信じ、暗殺者であろうという意志が欠けていた。優秀な暗殺者であったはずの彼らは、殺すことを楽しむ快楽殺人者となり、最後は命惜しさに依頼人の名を明かすという暗殺者としての最低限のルールすら守れないモノに成り果てていた。

　多分ヴァンの『勇者』もそうなのではないだろうか？

不意にうげうげさんが私の肩の上でピョコピョコと自己主張した。

何か言いたいようだ……なになに？

「アルベールと会わなくていいのか？　だそうです」

「一度合流して話をしたいのだが、アルベールはヴァンから離れた場所で動いて欲しいと思っている。それにゾルタンでヴァンから目を離すのが怖くてな、あの『勇者』は目を離すと大体何かやらかす」

「苦労していますね」

「う、む……本当苦労しているよ」

エスタ様はしみじみとつぶやいた。

その様子を見て、私は普段は心の中でつぶやくべきことをつい口に出して言ってしまった。

「アルベールさん、エスタ様が会いに来ないから寂しがっていましたよ」

ちょっとした冗談のつもりだった。

実際アルベールさんがエスタ様に会いたがっていたのは事実だし、それをちょっと大げさに言ったのだ。

「そ、そうか、アルベールが私に会いたいと、寂しがっていると……」

は？

いやいやいや、何が起こった？

あの武人で聖職者で堅物の代表者みたいなテオドラ様が変な仮面をつけてちょっと性格柔らかくなったなと思っていたら……。

リットさんみたいに顔を赤くして緩む口元を隠している……だと⁉

「そ、その、なんだ、アルベールに会ったら、私も会いに行きたいのだが状況が許さないだけで、決して君のことを忘れたわけではないと伝えて欲しい……いや私は何を言っているんだ、すまん今のは忘れてくれ」

いけない、あまりの衝撃にヴァンのことなんてどうでも良くなっていた。

はぁ……まさかこんなことがあるとは。

世の中どうなるか分からないものだ。

うげうげさんはエスタ様の手の甲に乗り、ポンポンと慰めるように前脚を動かしていた。

＊　　＊　　＊

翌日、昼。セントデュラント村。

俺、リット、ルーティは村の広場に座り、木箱を並べて作られた即席のステージを眺めている。

手には川魚のカレー焼きが載る皿。

あのカレーという食べ物にはこういう使い方もあるのが分かって楽しい。

「丸太運べや皆の衆～♪

肩にずっしり、腰はきりきり～♪

んだけどこの道父ちゃんが～♪

丸太運んだ道なれば～♪

俺らが運べぬ道理はねぇ～♪

泣き言なんぞ言う者は～♪

さあ歌えや皆の衆～♪」

ステージの上ではリュートとフルートの伴奏と共に、村人達が歌い踊っている。

木箱を踏み鳴らす音が気持ちよく響き、思わず踊りだしたくなるような気持ちにさせてくれる。

「レッドさん、リットさん、ルーティさん、どうか楽しんでいってください」

村長のお婆さんはそう言って、俺達にリンゴ酒の入ったコップを渡してくれた。

4年間熟成させたこの村のとっておきの酒らしい。

今日はオーガキンを討伐して村が救われたことを祝う宴の日。

俺達は主賓としてもてなされ、楽しい時間を過ごしている。

「ゾルタンのお医者さんは強いんだな、俺ぁ感動しちまったよ」

「あなた達みたいな人がこの村に住んでいてくれたら嬉《うれ》しいんだけどねぇ、もし田舎で農業とかしたくなったらいつでも相談してね？」

「レッドさん、また槍《やり》の稽古《けいこ》つけてね！」

　老若男女、色んな人から言葉をかけられる。

　スローライフをしている俺達にとって戦って村を救い、こうして感謝されることは遠くなった景色だが、こうしてみんなが楽しそうに笑っている姿を見るのはやはり嬉しい。

「たまにはいいかな、こういうのも」

　リンゴ酒を飲んでみる。

　甘いリンゴを使っているようで甘酸っぱさを感じるが、その中にほろ苦い味もある。中々繊細な味のお酒だな。

「美味《おい》しいね」

　ルーティがコップで揺れるリンゴ酒を眺めながら言った。

　ルーティはあまりお酒を好まないのだが、このリンゴ酒は気に入ったようだ。

「ビールやウィスキーはそんなにだけど、果実酒は好き」

　ルーティはまた一口飲んだ。

「いつかはお兄ちゃんが美味しいと思っているお酒を、私も楽しみたい」

「そうか、でも今日は同じお酒を楽しめるな」

「うん、良かった」

俺もまた一口。

それから2人でクスクスと笑った。

「レッドー！」

リットの声がした。

いつの間にか離れて新しい料理を貰《もら》いに行っていたリットが俺を呼んでいる。

「なんだろう？」

俺とルーティはリットのところへ向かう。

「これすごく美味しいよ！」

リットはフォークを持つ右手を振って喜んでいる。

「どれどれ……」

リットが食べているのは揚げパンだ。

「この村最高の贅沢品《ぜいたくひん》だって！」

「ふむふむ、確かに油で揚げた白パンは贅沢だな」

「それに香ばしい匂いがする、これは良い油を使っている」

俺とルーティはまだ熱いパンにかぶりついた。

中から旨味《うまみ》の詰まったソースが口の中へと広がった。

「これはカレーか！」

リットが気に入ったのもうなずける。

これは美味しい！

「白パン、良質の油、カレーソース、どれもこの村では貴重なものだろうに、なるほどこれは贅沢品だ」

「貴重だけどこの村の特産品。これはセントデュラント村だからできる贅沢」

俺もルーティもこのカレーパンをとても気に入った。

握り拳より大きなパンだったが、あっという間に食べてしまった。

「あはは、うちのスペシャルパン、皆さんが気に入ってくれて良かったよ！」

村の女性が嬉しそうに笑う。

「ほら、おかわりもあるからいくらでも食べておくれ！」

「いやでもいいのか？　これは滅多《めった》に食べられないものだろう？」

「いいのいいの、ここは英雄デュラントの村！　私はね、デュラントのような英雄に自慢のスペシャルパンを振る舞うのが夢だったんだ！」

女性は俺達の手にカレー入りの揚げパンを握らせた。

「ありがとう、私は夢が叶《かな》ったよ」

目の前の女性が笑い、村の人達が歌う。

ステージでは村長がスカートの裾をたくし上げ、華麗なタップを披露していた。

酒を片手に口笛を吹いて、村の人達は村で一番偉い女性の晴れ姿を祝福する。

「いいわねぇ」

リットが声を上げて笑った。

俺達の休暇はとても楽しい思い出ばかりだ。

「きゃあああ!!」

その時、叫び声が聞こえた。

「何だ？」

俺達は叫び声のした方へ走る。

ひどい悪臭がした。

「もぅ最悪だわ！」

そこにはペガサスの糞《ふん》が直撃した女性が絶望したような表情で憤慨している。

空を見上げれば東へ飛び去るペガサスの姿が見えた。

「いやぁ、これで運がついたってもんだろ……おいばかやめろ!!」

定番の冗談を言った男の顔に、女性は自分の身体についた糞を摑《つか》んで投げつける。

「うるさいわね！　これであんたも運がつくでしょ！」

周りの人は腹を抱えて笑いながら距離を取る。

「いやぁ珍しいことが起こりましたね」

俺の隣で村長が言った。

ふむ？

「村の上をペガサスが通ることは珍しいのか？」

「はい、ペガサスは村から大分離れた西の草原に住んでいますので……村で見かけたのは初めてです」

「西か……」

俺はふと気になって考え込む。

「レッド、どうしたの？」

「いや、普通はここまでこないペガサスが村に来たと聞いて、あのオーガキン達もそうなんじゃないかと思いついてね」

「オーガキン達がなんで？」

「あのオーガキン達が古代エルフの遺跡に関係するとしたら、この村じゃなくて山の麓《ふもと》の村の方が遺跡に近いだろう」

「たしかに……」

リットの顔が険しくなる。

その時、空が暗くなった。

「なんだ!?」

俺は空を見上げた。

翼のあるモンスターや鳥が、村の上空を西から東へと飛んでいる。

村人達は唖然《あぜん》としながら空を見上げ、モンスター達を見送った。

それは短い間のことだった。

モンスター達はすぐに飛び去り、また静かな空へと戻る。

「まるで何かから逃げているみたい」

ルーティがそうつぶやいた。

俺はなんだか不吉な予感がしたのだった。

* * *

同日。ゾルタン。

私はティセ・ガーランド。

暗殺者ギルド所属の暗殺者にして、冷え切った空気にお腹《なか》を痛くする女の子だ。

「え、ええっと、今何と……?」

「だから、感謝などされても迷惑だと言ったんです」

顔に冷や汗を浮かべ、困惑した表情の市長に勇者ヴァンは冷たい声で言い放った。

集まっていたゾルタン貴族達は、驚き、そして悲しそうにうつむいている。

それは一国の要人達を前にして、そしてダンタクを倒した勇者を祝福しようとしていた人々へあまりに冷たく、礼を欠いた言葉だった。

エスタ様は顔をしかめ首を横に振っている。

リュブ枢機《すうき》卿《きょう》でさえ愛想笑いを浮かべたまま固まり、目だけをキョロキョロと動かしている。

「そうそう、ヴァンの言う通り！」

ラベンダだけはいつもと変わらず、静まり返ったゾルタン議会のホールにはヴァンを肯定するラベンダの声だけが響いていた。

最悪の空気だ。

私は場の空気を気にする方だから本当お腹痛い、帰りたい。

「……これは……その、失礼しました……何分我々は中央から遠く離れた田舎者でして……何か気に障ることもあったことでしょう……どうかご容赦ください」

市長はなんとかそう言葉にして謝罪する。

ヴァンが口を開くより先に慌ててエスタ様が前に出た。

「我らは魔王を倒す旅にて先を急ぐ身ゆえ。貴殿らの心尽くしに応《こた》えられないこと心苦しく思うが、どうか理解して欲しい。我々は直にウェンディダートによって国を出るが、貴殿らの歓待を忘れることはないだろう」

エスタ様は早口でそう言って頭を下げる。

ヴァンが行った非礼を、エスタ様が頭を下げることで帳尻《ちようじり》を合わせようとしている。

「い、いえいえ、理解していますとも！　我々も勇者様の使命の重さを考えずに余計なことをしてしまい申し訳ありませんでした。どうか皆様の旅が成功しますことを、このゾルタンからデミス神にお祈り致します」

他の貴族達もこわばった表情だが笑顔を見せ、とにかくこの場を穏便に済まそうとしていた。

「さぁ引き揚げよう」

エスタ様がヴァンに言った。

良かった、これで勇者ヴァンがゾルタンを離れれば問題は解決だ。

私はホッと息を吐く。

だが。

「異端者の祈りは神に届きませんよ」

とんでもない爆弾発言が飛び出した⁉

場の空気は完全に凍りついた。

今のは相手の信仰を否定する最大の侮辱。

信仰をどれくらい重要視しているかは人それぞれだが、公の場でこの世界に住む人々は全員デミス信徒である。

それを異端者呼ばわりすることが、どれほどヤバい意味を持つか。

さすがのエスタ様も絶句して、何と言えばこの場を収められるか思いつかないようだ。

あのエスタ様が助けを求めるようにリュブ枢機卿を見ている。

「うぁ、ヴァン君、さすがにそれはこの場にふさわしくない発言だよ。君にも考えはあると思うが訂正して謝りなさい」

リュブ枢機卿はなんとか威厳を保ってヴァンにそう言った。

だがヴァンは笑って首を横に振る。

ゾルタンの人達が怒りや悲しみで表情を曇らせている中、ヴァンはいつものように明るく、自信に満ち、自分の言葉に一切の疑いを持たず笑っているのだ。

「いいえ訂正する必要はありません。僕は修道士として教育を受けた『勇者』。異端を改心させることこそ、先輩である『勇者』ルーティ様だけではなく僕にも神が『勇者』を宿してくださった意味でしょう」

「異端というのは少々言葉が強いぞヴァン君」

リュブ枢機卿さえ苛立《いらだ》った様子でそう言った。

トーネド市長も怒りを隠すのが難しくなっており、顔色が悪くなっている。

この状況……一体ヴァンはどういうつもりなのだろう？

ヴァンは笑ったままの表情で両手を広げた。

「皆さんが邪悪な加護を持っていないのならやるべきことはただ1つ！」

ヴァンは困惑、怒り、敵意を一身に受け、それでも揺らぐこと無く言い放つ。

「共に魔王軍と戦いましょう！　あなた達がこのゾルタンにいることは神の教えに背いています！」

「は、はぁ？」

「善の加護を持つすべての人間は、魔王軍に立ち向かわねばなりません！　こんなところで無意味に生きることは信仰に対する罪です！」

「我々が無意味だと？」

「怠惰は罪だと聖典にも書かれています。それもあなた方が犯しているのは最も大きな怠惰の罪、すなわち神の与えてくださった役割を放棄する罪です。あなた達は悔い改めなければなりません。『勇者』がここに現れた以上、あなた達は悪を滅ぼすために戦うことが聖なる義務なのです」

「……そのように侮辱されて、それでも我々があなたと戦いたいと言うとでもお思いですか？　我々には我々が守るべき国があり、生活がある。ご期待には応えられません」

トーネド市長は震える声で怒りを抑え、きっぱりと拒絶する。

私はヴァンの顔を見た。

そこには市長の怒りと拒絶にすら何の反応も見せない、さきほどと全く同じ笑顔があった。

気味が悪い。

「国など捨てればいいじゃないですか、こんな辺境の国に何の価値があるんです？」

「この国は我々の父母達が多くの苦労を乗り越え開拓した誇りある国です！　勇者様といえどそれはあまりに無礼ではありませんか!!!」

「礼は人と人との決まりごとですよね、僕が説いているのは信仰です」

トーネド市長もゾルタン貴族達も、もう怒りを隠そうともせず殺気立った目でヴァンを睨《にら》んでいる。

私も……彼らと同じで不快だった。

ルーティ様も、レッドさん達も、みんなこのゾルタンが好きだ。私だって、とても良い国だと思っている。ここで過ごしてきた日常《スローライフ》は大切な思い出だ。

私は剣をいつでも抜けるように意識を研ぎ澄ます。

もしヴァンが市長に危害を加えるようなら止めないと……。

だがヴァンは笑ったままだ、市長の言葉に何も感じている様子がない。

「残念です。いつか皆さんが信仰を取り戻すことを願っております」

ヴァンは踵《きびす》を返して外へと向かう。

それから自分の仲間達へと声をかけた。

「みんな、出発はもう少し待って欲しい」

「何をするつもりだ？」

エスタ様の質問に、ヴァンは希望に満ちた表情で答える。

「僕が今、『勇者』としてやるべきことが分かりました。僕は世界を救うために行動しなくてはならないのです」

「一体何を……」

「妖精《ようせい》王の盾を使います」

「馬鹿な!!　それを使ってはならないと私もリュブも言ったはずだ!!」

「異端者がいるのにそれを咎《とが》めず認めることこそ悪です」

「お、おい!!」

エスタ様の制止も聞かず飛び出すヴァン。

慌てて追いかけようとするエスタ様の前に小さな影が両手を広げて立ちはだかった。

「ヴァンの邪魔はさせないよ！」

「ラベンダ！　そこをどけ！　ヴァンのやろうとしていることは断じて『勇者』の振る舞いではない！」

「私もそう思うわ。でも、それが何？　私はヴァンが好き、だからヴァンがやろうとしていることは私にとって全部正しいわ！」

「くっ……！　お前を仲間に入れるのではなかったな！」

「あなたがどう思っても私はヴァンから愛されればそれでいいの！　それでどうする？　私と喧嘩《けんか》してみる？」

「………」

少年であるヴァンの肩に乗るくらい小さな妖精であるラベンダから、凄《すさ》まじい密度の魔力が放たれる。

「あー、エスタ。止めなさい」

「リュブ枢機卿！」

「確かにヴァン君の行動は問題があるが、これも良い経験だ。一度失敗してみるのもいいだろう。幸いここはど田舎のゾルタン共和国。ここでちょっとくらい被害が出ても、『勇者』の名声には傷がつかない」

そう言ってリュブ枢機卿はやれやれと首を振って、もう問題は解決したとばかりに勝手に椅子に座り、懐から葉巻を取り出した。

「誰か火を……いや、いい自分でつけよう」

　リュブ枢機卿はそう言って葉巻に火を付けていた。

「ティセ、あなたも動かないでね。ヴァンの邪魔をするならあなたも殺すわよ」

「妖精退治は専門じゃないんですが」

　あの妖精は見た目通りの小妖精ではなかったのか……レッドさんなら正体に気がついたのかも知れない。分かっていれば別の対応もできたのに。

　私に妖精の知識がないことが悔やまれる。

　私は剣の柄に触れ、カチンと刃を鳴らした。

「やる気？」

「………」

　ラベンダの実力は分からないが、あのエスタ様が動けないところを見ると、ラベンダの能力について何も知らない私が手を出すのは危険か。

　だけど、私の友達は大妖精以上に頼りになるのだ。

　だから私は安心して仲間に任せることができる。

＊　＊　＊

ティセ達のいるホールにつながっている糸が合図の音を拾う。

蜘蛛《くも》の巣に伝わる振動をまるでその場にいるかのように察知するうげうげさんの能力。

うげうげさんは友達の鳩に飛び乗ると、ヤランドララ達のもとへと向かった。

うげうげさんの動きは、どれほど強力な魔法使いにも察知できないだろう。

起こったことは、ただ蜘蛛の糸に振動が伝わっただけ、鳩が1匹飛び立っただけ、そして鳩の身体に小さな蜘蛛が張り付いているだけ。加護を感知できても宿っているのはありふれた『闘士』の加護。

しかしその蜘蛛は、人類最強の少女からも頼りにされているこのゾルタンに住む英雄の1匹なのだ。

第五章　勇者の試練

ゾルタン。下町と港区の境目にある通り。

夕方のこの時間は、商人、職人、労働者など多くの人が仕事終わりの買い物や、庶民向けの酒場や、自分の家を目指して混み合う。

もちろん王都の喧騒《けんそう》に比べたら、人混みと言えるほどのものではないのだが、それでもここはゾルタンで最も騒がしい通りの１つだ。

その道の真ん中に鎧《よろい》を着て腰に剣を佩《は》いた少年が立っている。

邪魔なことこの上ないが、相手は見慣れない余所者《よそもの》で、さらに武装しているということで誰からも咎められること無く、少年は周りの迷惑そうな目を気にすること無く堂々と立っていることができた。

「よし」

少年……ヴァンは手にしていた盾を掲げる。

塩竜の住処《すみか》から手に入れた秘宝・妖精王の盾。

この伝説の盾にはさまざまな魔法がかけられているが、そのうちの1つがセンドサジェスチョン《示唆念話》の魔法である。

その効果は低強度の精神操作魔法をテレパシーで広範囲に作用させること。

相手の心を支配するような強力魔法ではなく、たとえば自殺の強要や、愛してもいない相手を愛するようになれなど意思を変えるようなことはできない。

できるのはあくまで示唆《サジェスチョン》。

相手の心の中に〝こうすればよいのではないか？〟という思考を与えるだけの魔法だ。

もしその示唆が即座にありえないと判断できることなら精神操作はたちどころに消えてしまう。

だが低強度の精神作用ゆえに、支配《ドミネイト》などの高強度精神操作にはない利点がある。

精神操作の魔法は抵抗されやすく、さらに効果時間が極めて短い。

高レベル魔法である支配《ドミネイト》も、同格以上を相手にすると効果はなく、掛かっても1分未満で効果が切れるという使い道の限定された魔法だ。

低強度の精神操作魔法も魔法自体は同様に抵抗されやすく効果時間も短いのは同じだが、わずかな精神操作のためその示唆が自然なものであれば自分の精神が操作されたことに気が付けないのだ。

精神操作されたことに気が付けないので抵抗されず、魔法の効果が切れても自分の判断であると思い込んだまま行動する。

「エスタさんからは絶対に使うなと言われてたけど、こんな素晴らしい効果があるのに使わないなんておかしいよね」

ヴァンはこの盾に可能性を感じていた。

異端者達は皆不幸だ。

そしてここには彼らを信仰の道へと連れ戻し救う力がある。

なのに、どうして使ってはならないのか。

エスタは、魔法で引き出した信仰心に価値はないと言っていたが、神に祈る気持ちに価値の差などあるはずない。

異端審問官が鞭《むち》を振るって信仰心を引き出すのと同じ。

言葉か、痛みか、魔法か……人の意思など神の愛の前には価値など存在しない。

すべては神の愛の証《あかし》である加護に従って生きればいいのだ。

ヴァンは妖精王の盾を起動する。

示唆する内容は『勇気を出して勇者と共に魔王軍と戦おう』。

遠く離れた場所で戦っている人がいるのに、自分はここで平和に暮らしていていいのか。

誰だって思っているはずだ。

そうした人に妖精王の盾は信仰に従う勇気を与えてくれる。

『勇者』の加護は、世界を救う役割を持つ加護。

そのために人々を戦いに駆り立て、命を消費し、神の望む世界を作り上げる。

ああ、なんと素晴らしい世界。

ヴァンは盾を掲げたまま、示唆の言葉を叫ぼうとする。

「勇気を出して勇者と共に魔王軍と戦おう！」

大声で叫んだヴァンへと人々は振り返る。

妖精王の盾が光り輝いた。

「ソーンバインド！」

だが、魔法が発動するより早く、無数のツタがヴァンを襲った。

「!?」

ヴァンは身体を縛られ、魔法の発動は不発する。

「『勇者』ヴァン、それは無いんじゃないの？」

「誰だ!!」

人混みの中からあらわれたのは杖《つえ》を持つ女性のハイエルフ。

「このゾルタンで暮らすハイエルフよ」

ヤランドララは不敵に笑うと『勇者』と対峙《たいじ》した。

「どの国でも国民に対する精神操作の魔法は重罪よ、知らないわけじゃないでしょ」

「人の法より神の法が優先されます。信仰より優先されるものは存在しません」

「とんだ『勇者』がいたものね、私も法を守るタイプではないんだけど、あなた程悪人にはなれないわ」

「あなたは『勇者』の邪魔をして、『勇者』を悪人呼ばわりする……すなわち善を騙《かた》る邪悪ですね」

「まぁ信心深い方ではないけれど……この私がそう言われるのはなんだか感慨深いわね」

「僕は勇者ヴァン、悪を討つ者です！」

ヴァンの身体に力が入る。

「あなたの身体を縛るのは茨《いばら》のツタ、無理に動けばズタズタになるわよ！」

「ぐううう!!!」

ヴァンの表情が苦悶《くもん》に歪《ゆが》む。

ルーティのように痛みに耐性があるわけではないと、ヤランドララは少し安心する……が。

「はぁぁ!!!」

皮膚が裂け、血が吹き出すのも構わず、ヴァンはツタを引きちぎる。

「きゃあああ!!!」

その惨状に周りにいた人々が逃げていく。

全身から血を流し、だが『勇者』らしい希望に満ちた笑顔を変えずにヴァンは剣を抜いた。

「さあ『勇者』が悪を討つぞ！」

「………」

ヤランドララは表情を引き締め、杖を構えた。

目の前にいるのは未熟でも『勇者』だ。

（くる……！）

ヤランドララは反射的に防御する。

ヴァンの聖剣が弾《はじ》かれた。

（この剣圧は！）

ヴァンの剣はすでに超一流の英雄級だ。

ヤランドララは十分に警戒していたと思っていた自分の認識が、まだ甘かったと理解した。

本気を出し、命を賭《か》けて戦わなければこちらがやられる！

「ウィードスティング！」

ヤランドララが使ったのは刃のように鋭い葉を持つ植物を、地面に生成する小技の魔法。

だが激しい剣戟《けんげき》の中、本来なら魔法など使えないタイミングで使われる小技は決定打になることもある。

「ぐっ!?」

具足の隙間からヴァンの脚を切り裂く。

ヤランドララの力によって強化された葉の刃はヴァンの脚に筋肉まで達する傷をつけた。

ヤランドララはその隙に間合いを取り、ヤランドララ最大の召喚魔法である〝巨木の大精霊《スピリットオブタイラント》〟を召喚するつもりだった。

だが。

キィイイン!

ヤランドララの杖が跳ね上がる。

脚が切り刻まれるのも構わずヴァンは踏み込み剣を斬り上げたのだ。

(しまった!?)

ヤランドララの守りが崩れた。

がら空きになったヤランドララの首めがけてヴァンの剣が振り下ろされる。

だがその時、ヴァンの剣が急に重くなった。

「ナイスだ蜘蛛《くも》!!」

大声と共に大きな影が跳ぶ。

「武技：彗星墜壊脚《すいせいついかいきゃく》!!」

矢のような速度で空を飛ぶ、全体重を乗せた飛び蹴《げ》り。

ヴァンは反射的に盾で身を守るが、構えた盾ごとヴァンの身体が吹き飛んだ。

男は空中でひらりと身を翻しながら着地する。

「あぶねぇあぶねぇ」

「ダナン!!」

「『勇者』の相手は1人じゃ辛《つら》いだろう、手を貸すぜ」

ダナンは獰猛《どうもう》な笑みを浮かべ左拳《ひだりこぶし》を構える。

「手強《てごわ》いわよ、やられるかと思った」

「見りゃ分かる」

ダナンは油断なく言った。

ヴァンは血まみれの身体のまま立ち上がり剣を構える。

「なんで治療しないのかしら？『勇者』なら〝癒《いや》しの手〟があるでしょ」

「さぁな」

「超人的な身体能力があっても、あれだけ皮膚が裂ければ痛いでしょうに」

血まみれのヴァンの顔はまだ笑っていた。

「強大な悪が2人！　でも僕は『勇者』、悪には屈しない！」

　ヴァンは叫ぶ。

「なるほど、あいつを支えているのは自分の加護に対する信念か」

　ダナンは息を吐いて重心を低くする。

「挫折《ざせつ》したことがねぇんだろうな、だから自分の信念が間違っているとは夢にも思っていない。だったら叩《たた》きのめして鼻っ柱をへし折ってやるのがいいだろう……荒療治だぜ『勇者』様よ！」

「デミス神よ、『勇者』の戦いをご照覧あれ！」

　ダナンとヴァンは同時に走った。

「武技：猛虎王爪《もうこおうそう》！」

「武技：聖刃《ホーリーブレイド》！」

　ダナンは相手の攻撃を飛び越えながら放つ武術の武技。

　ヴァンは聖なる剣気で切れ味とリーチを伸ばした強化の武技。

　ヴァンの剣は空を切り、ダナンの拳は盾に受けられた。

「援護するわ!!」

　ヤランドララは棘《とげ》状の種子を矢のように飛ばした。

　もしヴァンが盾でヤランドララの魔法を防げば、ダナンの一撃がヴァンを倒しただろう。

だがヴァンはヤランドラの魔法から身を守らなかった。

棘が左目を貫いたのにもかかわらず、ヴァンは怯《ひる》むこと無くダナンへ斬りつけた。

「はっ、そりゃ悪手だろ！」

片目を潰《つぶ》され微細な距離感が摑《つか》めなくなったヴァンへ、ダナンの拳が唸《うな》る。

ヴァンの身体がくの字に折れ曲がった。

「がっ……は……痛いけど……『勇者』はくじけない……〝癒しの手マスタリー：反転〟」

ヴァンの身体がカッと輝いた。

「な……」

「ダナン⁉」

ダナンの全身から血が吹き出した、ダナンは左目を押さえながら弾かれるように後退する。

「あなた達ほど強い相手と戦ったのは初めてだ！『勇者』の敵としてふさわしい！」

ヴァンは嬉《うれ》しそうに言った。その身体は傷一つついていなかった。

「今治療するわ！」

ヤランドラの精霊魔法がダナンの傷を治療する。

「……何しやがった」

「すごい、僕は結構痛かったのに全然応《こた》えてない」

「傷を移し替えたのか……勇者の技とは思えねぇな」

「あはは、あなたみたいな悪に『勇者』のことなんて何一つ解るはずないでしょ。これは『勇者』のみが持つ固有スキル〝癒しの手〟。そのマスタリースキルが今の〝反転〟」

「〝反転〟だと」

「自分の中にある魔力や生命力によって相手を癒すのが〝癒しの手〟ならば、その極致は、魔力や生命力を自在に分配すること。〝反転〟は、自分の傷を触れている相手の生命力で再生するスキル。〝癒しの手〟は攻撃ではなく再生のスキルだから、相手の身体には絶対に抵抗できないダメージを与えられる」

「それのどこが勇者なんだ」

「僕はこのスキルによってどんな逆境からでも逆転できる！　悪がどれほど強大でも『勇者』は絶対にくじけない！」

「テメェの痛みを他人に押し付けて僕は絶対にくじけないだと？」

　ダナンは口の中の血を吐き出した。

　ダナンの傷がヤランドラの治癒魔法でふさがっていく。

「ダメだな。俺はバカだが、それでもお前は勇者じゃねぇってことくらい分かる」

「僕が『勇者』であることを決めたのは偉大なるデミス神だ。あなたの言葉は神の言葉を否定する言葉。これ以上の異端はない、『勇者』としてそんな悪を許すわけにはいかない！」

再び、ヴァンが剣を構え走る。

ヤランドララは杖《つえ》を構えながらダナンに叫ぶ。

「『武闘家』のあなたとヴァンのスキルは相性が悪い！　私が代わるわ!!」

「あ？　アレのためにこの俺に背を向けろと言うのか!?　ふざけんじゃねぇ!!」

ダナンとヤランドララは肩を並べて迎え撃った。

その時、空が暗くなる。

「なんだ？」

ドラゴンの咆哮《ほうこう》がゾルタンを震わせた。

ダナン、ヤランドララ、ヴァンは戦いを止め空を見上げる。

「ッ!!　やべえぞ！　何か召喚しろ!!」

ダナンが叫んだ。

すでにヤランドララは召喚魔法発動の準備を終えている。

「分かってる！　我が声に答えよ、巨木の大精霊《スピリットオブタイラント》!!」

地面を砕き、巨木の大精霊が出現する。

巨木の大精霊はすぐさま身体を大きく広げ、空からゾルタンの町へと降り注ごうとしていた炎を受け止めた。

「ありゃ塩竜《ソルト・ドラゴン》か……！」

　塩竜の放つ腐食性のブレスを浴び、巨木の大精霊が崩れていく。

　塩竜は停滞と破壊の竜、植物や金属を腐食させ破壊する。

　空には何十という塩竜達が翼をはためかせ、濁った真珠のような目で地上を睨《にら》みつけていた。

「塩竜と私の植物を操る力は相性が悪いわね……！」

「こっちは勇者で忙しいってのに邪魔すんじゃねぇ!!」

　乱入してきた塩竜に向けてダナンが吠《ほ》えた。

　だが塩竜達はダナンには見向きもせず、勇者ヴァンを睨んでいる。

「我らの同胞を殺戮《さつりく》し、秘宝を盗みし者よ！　我らの怒りと復讐《ふくしゅう》を知る時が来たぞ!!」

「……邪悪な竜どもめ！　僕の盾を取り返しに来たのか！」

　ヴァンは左手の盾に触れながら言った。

　塩竜は牙《きば》をむき出しにして唸る。

「それは我らの物だ！　盗賊が!!」

　再び塩竜達の口の中で炎が燃え上がる。

　ダナンは表情を歪《ゆが》めて叫ぶ。

「くそっ！　俺の武技じゃすべてのブレスを止められねぇ！　ヤランドララ、悪いがまた頼む！　精霊で防いでいる間に俺が全部仕留める！」

「分かったわ!!」

ヤランドララが再び巨木の大精霊を召喚しようとした時。

「もらった！」

ヴァンが跳び、ヤランドララの首めがけて剣を振り下ろす。

「てめぇぇぇ!!!!」

怒りの絶叫と共にダナンの左手がヴァンの身体を弾《はじ》き飛ばした。

2体目の巨木の大精霊がゾルタンを守るために立ち上がり、全身に腐食の炎を浴びながら耐える。

「惜しかったなぁ」

ヴァンはやはり笑っていた。

「『勇者』は人々を見捨てられないんじゃなかったのかよ!!」

「これもデミス神のご意志なんだ。神の愛は異端者達にだって注がれる……塩竜達がこの国を破壊してくれれば、怠惰なゾルタン人達も魔王軍との戦いに向かう気になってくれるよね？　邪悪なモンスターだって神の為に存在する、そう聖典にあった通りだよ！　僕は『勇者』、たとえ異端者であっても見捨てない、全員救ってみせる！」

「意味分からねぇこと言ってるんじゃねぇよ下衆野郎が！　テメェからぶっ殺すぞ!!」

ダナンは怒りの形相でヴァンに拳を向ける。

空には何十という竜達《ドラゴン》、恐怖で逃げ惑う町の人々。

（あの竜達も勇者ヴァンが連れてきたのね……なんて迷惑な）

ヤランドララも激しい怒りで殺意すら感じているが、同時に今の状況が非常にまずいことも理解している。

（私は塩竜の腐食の力と相性が悪いし、ダナンは勇者ヴァンのスキルと相性が悪い……それは分かっているのに私達は相性が悪い相手と戦わざるを得ない状況を強いられている！）

巨木の大精霊の身体が塩に侵され変色していく。

あれが一発でも町に落ちればどれだけの被害が起こるか！

広範囲にわたる破壊能力。これこそ塩竜が文明を殺す竜だと恐れられる理由だ。

「レッド……」

ヤランドララは思わず彼の名をつぶやいた。

「悪い、待たせたな」

「えっ⁉」

「〝雷光の如き脚〟」

銅の剣の輝きがゾルタンの通りを駆け抜ける。

「なッ!!」

乱入者の鋭い一撃をヴァンは盾で受けた。

乱入者の左手がヴァンの盾の裏側へと伸びる。

「痛っ!?」

ヴァンの表情がわずかに歪《ゆが》む。

左腕から鮮血がほとばしった。

「リットからナイフを借りっぱなしだったのが役に立った」

乱入者……レッドの左手に握られた小ぶりのナイフがヴァンの腕を切り裂いていた。

「何をするんだ!!」

傷は深くない。

ヴァンは〝反転〟によるダメージの反転は効果が薄いと判断し、剣で反撃しようとするが……。

クン！　と盾がなにかに引っ張られる。

「あっ!!」

ヴァンは驚いて声を上げる。

先程の腕への一撃で盾のストラップが切り裂かれていたのだ。

一流の剣士でもあるヴァンに気づかれないほどの早業。

ヴァンは慌てて盾を掴《つか》もうとするが、もう遅い。

「ナイス！　完璧なタイミングだ！」

レッドの言葉に応えるように、レッドの背中に乗るうげうげさんは喜んだ様子で飛び跳ねた。

盾がヴァンの腕から外れ、レッドの方へと引き寄せられる。

レッドは素早く盾を掴むと、盾を取り返そうと斬り込んできたヴァンの一撃を奪い取った盾で受け流す。

「これを俺の剣で受けたら、剣がへし折られそうだな」

凄《すさ》まじい一撃だった。

だが力を込めすぎた一撃だった。

渾身《こんしん》の一撃を受け流され、ヴァンの体勢が大きく崩れる。

「まだだ!!!」

ヴァンは叫び、左手で地面に触れ、受け身を取りながらレッドへと斬りつけた。

「いない!?」

だがレッドはそこにはもうすでにいない。

ヴァンが起き上がった時には、〝雷光の如き脚〟を使ったレッドの姿はもう剣の届かないところまで行ってしまっていた。

＊　＊　＊

「ふぅ」

ゾルタンから離脱し、北の街道で俺は立ち止まった。

俺がここにいるのは、セントデュラント村にてモンスター達が西から逃げているのを見てから西の空をずっと警戒していたからだ。

そして西から塩竜達が飛来しているのを見て、〝雷光の如き脚〟を使い急いでゾルタンへ戻ったのだ。

俺は手にした妖精《ようせい》王の盾を眺める。

塩竜達がゾルタンまで来る理由があるとすれば、勇者ヴァンが彼らにとって大切なものを持ち出したくらいしかない……盾を少し調べ、俺はやはりこの盾が妖精王の盾などではないと確信した。

空を見上げれば、ゾルタン上空にいた塩竜達が俺の方へと飛んできている。

この盾を取り返すことが目的なのだから当然だ、これでゾルタンに被害がでることはない。

竜から遅れて街道を走っているのは勇者ヴァンだ。

「速いな、速度を上げる魔法を使えるのか」

その後ろからはダナンとヤランドララが追いかけているのが見える。

「塩竜も勇者ヴァンもゾルタンから離れた、うげうげさんが手伝ってくれたおかげだ」

うげうげさんは、今俺の腰のポーチへと避難している。

ティセからの連絡をヤランドララとダナンに伝えた後、うげうげさんは友達の小動物達に蜘蛛《くも》の糸を配置させ、俺がゾルタンに到着したらすぐダナン達が戦っている場へ向かえるよう目印を作っていたのだ。

駆けつけた俺と合流し、打ち合わせも無しに盾を奪うという連係までしてくれた。

やはりうげうげさんは頼りになる。

「さて、うげうげさんの頑張りに俺もしっかり応《こた》えないとな」

竜の咆哮が響いた。

俺の目の前に塩竜が降り立つ。

「人間それは我らの秘宝だ、返せ」

「もちろん、俺はそのためにここへ来たんだ」

俺は手にした盾を塩竜に差し出す。

「これは妖精の作ったものじゃない、暗黒大陸の技術で作られたものだ。もともとあなた達のものなのだろう」

「……然《しか》り、これは我らが先代魔王より預けられしもの」

「魔王の盾」

塩竜は魔王の盾を受け取ると、わずかな間目を閉じた。

「我らはいずれ魔王様が降臨されるその日のためにこの盾を守るもの……それが我らの盟約」

塩竜達は翼を広げ空へと飛び立った。

「感謝するぞ人間」

塩竜達は咆哮《ほうこう》を上げながら西の空へと去っていった。

すんなり去ってくれて良かった。

闇の四竜である塩竜達が、仲間の仇《かたき》を取るために勇者ヴァンとの戦いを優先することは無いと予想していたが……予想通り撤退してくれて安心した。

「さて、残るは勇者か」

俺は剣を構える。

風を切って勇者が跳んだ。

「武技：聖刃《ホーリーブレイド》!!」

光の刃が振り下ろされる。

俺が身を引いてかわすと、刃が街道をえぐり黒い傷跡を残した。

横薙《よこな》ぎに振るえばいいものを、街道へのダメージなんてお構いなしか。

ここを通る人々が困る可能性なんて考えてもいないようだ。

「勇者としては落第点だな」

「あなたも異端者か！」

ヴァンは振り下ろした剣を切り返そうとする、が。

「そこだ」

俺の剣がヴァンの剣を押さえる。

ヴァンの持っている降魔《ごうま》の聖剣のレプリカは俺の銅の剣より遥《はる》かに強力な剣のようだ。

その強力な剣をヴァンほどの剣士が振り下ろした一撃であれば、俺でも受け流すことは難しい。

だが静止した状態の聖剣であれば、この銅の剣でも押さえることができる。

「こ、この、離れろ！」

ヴァンはつば迫り合い《バインド》から脱しようとするが、俺の剣は吸い付くようにヴァンの剣と同時に動く。

どれほど鋭い剣だろうが、振ることができなければその切れ味を発揮することはできない。

「こちらから攻撃して傷つけなければ切り札の〝反転〟も使えないだろう」

「こんな防ぎ方を！」

「加護レベルは上がっているようだが、剣術の訓練が足りないな」

「人の考えた剣術なんて、デミス神が授けてくださった加護の力に比べたら微々たるものだ！」

「あー、そういう考え方をするタイプか。それでノコノコと仲間から遠く離れた町の外へと誘い出されたわけだ」

「剣がダメなら魔法だってあるぞ！」

　ヴァンが印を組もうとした瞬間、俺は剣に力を込めてヴァンの体勢を崩す。

「あっ！」

　印が崩れ魔法は不発した。

「この間合いで魔法なんて使えると思うな」

「こんな時間稼ぎをしてなんのつもりだ！　『勇者』は一晩中戦っても息一つあがらない！」

　そこまで時間をかけるつもりはない、1分も食い止められれば十分だった。

「お待たせお兄ちゃん」

　ヴァンの背後に1人の少女……ルーティがいた。

「誰!?」

「名乗るほどの者ではない、明日には忘れて欲しい」

パンと空気が破裂する音がした。

ルーティの拳《こぶし》がヴァンの顔面に突き刺さる。

「あぎゃっ!!!」

ヴァンの身体が吹き飛んだ。

何度も何度も轟音《ごうおん》が聞こえた。

ヴァンの身体は木々をへし折り、地面をえぐり、やがて遠くで土煙を上げながら止まる。

「うわぁ」

俺は思わずそう言ってしまった。

あの威力なら『勇者』の加護持ちでも戦闘不能になるだろう。

「すぐにヴァンの仲間が駆けつけてくる、顔を見られないうちにこの場を離れよう」

「分かった」

ルーティは遠くで倒れているヴァンの姿を眺める。

「私がヴァンならもうゾルタンに留《とど》まらない」

「そうだな、魔王の船はもう回収しているんだ、魔王の盾だって竜が持ち去った。ゾルタンに残る意味はない。『勇者』の目的は魔王を倒すことだ」

それが最善の判断だろう。

『勇者』は多くのことに命を賭《か》けて戦わなければならないが、だからこそ無意味に命を危険に晒《さら》すことがないようにしなければならない。

『勇者』の存在が人々を勇気づけるからこそ、『勇者』の死は人々から勇気を失わせることにもなるのだから。

「だが……」

剣を合わせわずかながら会話したことで、俺はなんとなくヴァンという人間について分かった気がした。

多分ヴァンはゾルタンに残るだろう……そう俺は確信していた。

エピローグ 勇者を導く者は

地面に血が広がっていく。横たわるヴァンは、体温が失われ冷たい死が近づいてくるのを感じながら今起きたことを考えていた。

『勇者』ヴァンは敗北した、それも完膚なきまでに。

(それは構わない、『勇者』の役割は悪と戦うこと、勝利することが目的ではない)

勝利するために努力することこそが神が望まれたことだとヴァンは知っている。

これまでの歴史で善の加護が悪の加護に負けた事例はたくさんあるのだ。

デミス神は全知全能であるのだから、『勇者』が『魔王』に勝つということが神の目的であるはずがない。

神がそうあれと望まれたのなら、常に『勇者』が勝たなければならないはずだ。

「ヴァァァァン!!!!」

遠くから叫び声が聞こえた。

「ああなんて酷《ひど》い!　死なないでヴァン!!」

「再生《リジエネレート》の魔法をかけるぞ！」

ラベンダとリュブの声だとヴァンは気がついた。

だけど今はそんな些細《ささい》なことはどうでもいい。

（僕はただ『勇者』の役割を全うする、それが僕の信仰。ではこの状況をどう解釈すべきか、それが問題だ）

リュブの魔法で骨が砕けていたヴァンの腕が動くようになる。

ヴァンはゆっくりと自分の手を自分の顔に置く。

熱い感触と共に、指がズブズブと不自然な程顔の奥へと入り込む。

一体どんなことになっているのか、ヴァンは他人事のように考えていた。

「〝癒《いや》しの手〟」

ヴァンの身体が光り輝き、死にかけだった身体が再生していく。

「ヴァン!!」

起き上がったヴァンの首にラベンダが抱きついた。

「大丈夫？　痛かったよね？　ごめんね、これからはずっと側にいるから！」

だがヴァンはラベンダの言葉には応えず、視線も向けない。

再生した目をキラキラと輝かせ、空に向けて笑った。

「あぁ、これが僕の役割なのですね!!」

「ヴァン……？」

「僕はあの青い髪の女の子を殺します。あの子を殺し、あの子の人生によって育てられた加護を僕の『勇者』が取り込んだその時に僕は『真の勇者』になります！」

「ヴァン君、一体何を言っているんだね」

困惑するリュブ。だがヴァンは尊敬する枢機卿《すうききょう》に目もくれない。

「我が主来ませり!!　あは、あははは、あはははははは!!!!!!」

哄笑《こうしょう》するヴァンの姿に、リュブは恐れを感じて後ずさる。

「よく分かんないけど、さすがヴァン！　私はヴァンのことを応援するからね！」

ラベンダはヴァンにこれまでと変わらず寄り添った。

ヴァンはそんな仲間達の行動に何も反応していない。

嬉《うれ》しそうに、本当に嬉しそうな表情で笑い続けていた。

*　　*　　*

ゾルタン。

リットの所有する屋敷。

ゾルタンに戻ってきた俺達は、リットの屋敷で一度集まることにしたのだ。

「遅くなった」

扉を開けてエスタが入ってきた。

「話には聞いていたけど、本当に仮面を被っているんだな」

「似合うだろ？」

おどけてみせたエスタに俺もリットも驚いて固まってしまった。

そんな俺達の様子がおかしいのか、エスタは白い歯を見せて爽《さわ》やかに笑う。

「おいおい、ふざけている場合かよ」

不機嫌そうにダナンが言った。

昔と立場が反対だな。

「すまん、私も久しぶりに君達に再会できて嬉しいのだ」

この部屋に集まったのは、俺、リット、ルーティ、ダナン、ヤランドララ、ティセ、アルベール、そしてエスタの8人。

エスタは部屋にいるメンバーを眺め、嬉しそうに言った。

「さて、あまり長居もできんからな、本題に入ろう」

エスタも椅子へ腰掛ける。

「ヴァンの傷はリュブ枢機卿の法術とヴァン自身の〝癒しの手〟によって完治している。後遺症も特に無い」

「心の方も折れなかったか」

ダナンの質問にエスタは頷《うなず》いた。

「ああ、『勇者』は恐怖しない」

「だが挫折《ざせつ》はするだろ、あいつは挫折なんてしたことなさそうな面していたから、叩《たた》き潰《つぶ》されれば少しは応《こた》えるかと思ったんだが」

「……ヴァンは挫折したなどとは思っていない」

「あんな手ひどい敗北をしたのにか？」

「ヴァンは笑っていたよ」

「くそ！　ますます腹が立つ！」

ダナンは拳を打ち合わせて叫ぶ。

「今すぐリベンジだ！　俺があのガキをぶっ殺せばそれで済む！」

「落ち着け、相手は教会の『勇者』だぞ。もしゾルタンで死んだら、調査のために教会の人間がわんさかやって来ることになる」

「面倒くせぇな！」

俺の言葉にダナンは恐ろしい形相で怒りを堪《こら》えている。

「それでこれからヴァンはどうするつもりなんだ？」

俺はエスタに尋ねた。

「ルーティを倒すことを『勇者』の使命だと思い込んでしまったようだ」

何だと？

「ルーティを狙っているのか」

カッと心が熱くなった。

「お、レッドもやる気になったか！　これから一緒に勇者をぶっ殺しに行こうぜ！」

嬉しそうに言ったのはダナン。

確かにルーティに危害を加えるつもりならば、俺だって剣を抜くことも吝《やぶさ》かではない。

「ちょっとレッド！」

リットが慌てて制止した。

いけない、俺としたことがちょっと熱くなってしまった。

「レッドは相変わらずだな」

エスタが少し呆《あき》れた様子でつぶやく。

むむむ……。

「不安はあるだろうが、少なくとも1週間は安心していい」

「どういうことだ？」

「ヴァンは加護レベルを上げるため、南洋のモンスターを狩りに行くことになった。ウェンディダートの調整と試運転も兼ねている」

「南洋か、確かにゾルタン周囲でレベルの強いモンスターと戦おうと思えば海へ出るのが一番近いな」

「出港は明日だ。私とアルベールもヴァンに同行する」

「大丈夫か？」

「相手の内側に味方がいた方が、何かと都合が良いだろう？」

「それはそうだが……」

「心配するな、何もヴァンと戦うわけじゃない。あの落第勇者に向き合うだけだ」

落第勇者か。

だがヴァンの信仰と加護を信じる意志は強い。

「狙うなら本人ではなく仲間達だな」

俺の言葉にみんなも頷いた。

「エスタ、リュブ枢機卿と妖精《ようせい》のラベンダについてはどれくらい知っている？」

「リュブ枢機卿の目的はヴァンを使って世界を救い自分の手柄にすることだ」

「それならルーティと戦うのは寄り道で、しかもリスクだけが高い問題だな。そこを突けば説得できるかもしれない」

強欲な枢機卿は、信仰に殉ずる勇者より与《くみ》し易いだろう。

「ラベンダに思想はない、ただヴァンのことを愛し、ヴァンのために行動している」

「それならヴァンの命が危険だと理解できれば説得できる可能性はあるな」

愛する人を守るためにどうすればいいかという方向から納得させられれば、こちらの味方になってくれるかも知れない。

「ヴァンの仲間達を説得。それから全員でヴァンにデミス神のための『勇者』ではなく人々のための『勇者』となってもらう。今の方針はそんなところだな」

「となると、まだ敵対行動を取っていない私と、顔を見られていないリットさんが重要になってきますね」

それまでずっと黙っていたティセが言った。

俺は少し動揺する。

「大丈夫、私だって英雄リットと呼ばれた冒険者なんだから」

「だけど今回の相手は『勇者』と、その仲間達だ……手強《てごわ》いぞ」

「心配してくれるのね。でもねレッド、私だってレッドが私を心配するのと同じくらい、レッドやルーティのことが心配なの！　私もあなた達の力になりたい」

「……そうだな、ごめん、今のは冷静な判断じゃなかった」

「いいの、昔のあなたも好きだけど、今の優しいあなたも大好きだよ」

リットはそう言って笑う。

こんな状況だというのにリットの笑顔が美しくて、俺はドキリとしてしまった。

「2人の仲はさらに進展したようだな」

エスタが笑っている。

「すまん、大切な話の途中だったのについ……」

「いいや、気にするな、恋は良いものだ」

エスタの様子に、いつの間にかダナンの顔がイライラしたものから驚きの表情に変わっていた。

「ルーティも、ギデオンも、ティセも、リットも、テオドラもみんな変わっちまった、変わってないのは俺とヤランドララだけか」

「あら私だって、今はスローライフをしている平和なハイエルフなのよ」

「おい、俺はお前がこの間変装してゾルタンの闘技場に参加してたの見てたんだからな。武器も魔法もなしの素手縛りで闘技場3位の槍使《やりづか》いをボコボコにしてたじゃねーか。お前は平和と闘争が同時に存在できるタイプで何も変わっていないだろ」

「あっ、見られていたのね」

ヤランドララは恥ずかしそうに目を背けた。

このハイエルフ、本当色んなことやってるな。

「だが変わるってのも悪いことじゃねぇ」

不意にダナンの表情が真剣なものに変わった。

「今回は相手をぶち殺してはい終わり、というわけにはいかない戦いだろ？　以前の俺達とは違った強さが求められるはずだ。俺はどうすりゃいいのかさっぱり分からん」

　ダナンの言う通り、これまでとは違った戦いになる。

「かつての俺達はルーティを『勇者』の加護から解放するために戦った……今度は逆だ、ヴァンに真の勇者としての在り方を導くための戦いになる」

『勇者』ヴァンとかかわらずに済めばよかったのだが……どうやら俺は、新しい『勇者』との対決を避けては通れないようだ。

『導き手』と『勇者』。

　運命めいたというより、これもデミス神の意志なのかと、そんな不安を感じた。

だとしても、俺のやることは変わらない。

「今回も……勝とう！」

「「おう!!!」」

　俺が呼びかけると、みんな力強い掛け声で応えてくれた。

　心強い仲間達だ。

*

*

*

夕方。ゾルタン。

レッド&リット薬草店。

「ただいまー！」

「ただいま」

俺とリットは久しぶりに我が家へと帰って来た。

「ヤランドララが店番していただけあって店の中はほこり一つないわね」

「ヤランドララはきれい好きだからなぁ」

「売上はどうなっているのかな？　ヤランドララって帳簿の書き方分かってると思う？　あーでもヴァンのことで忙しかったから、帳簿まではやってないかも知れないね！」

「ヤランドララは花屋をやっていたんだぞ、帳簿の書き方も分かってるさ」

「そうだった！　あ、お店の薬は随分減ってるね、ヤランドララは薬草には詳しくても錬金術スキルはないものね、作れる薬は限られているから仕方ないか」

リットはウキウキと楽しそうに店の中を調べている。

その姿を見て、俺はなんだか幸せな気持ちになった。

「セントデュラント村での休暇も楽しかったけど、やっぱり俺達の家は落ち着くな」

「うん！　ここは私とレッドの帰ってくる場所だから！」

俺はリットを抱き寄せる。

背中に回されたリットの腕がギュッと俺の身体を抱きしめ返した。

このゾルタンは俺が守りたい世界だ。

また『勇者』の加護が立ちはだかろうとも、そこに神の意志があろうとも、決して譲るつもりはない。

柔らかく温かいリットを感じながら、俺はそう決意するのだった。

あとがき

　この本を手にとってくださった皆さん、ありがとうございます！　作者のざっぽんです。

　なんということでしょう、今回はページ構成の関係であとがきが1ページしかありません。Episode.0で報告したとはいえ、本編では初めてアニメ化&ゲーム化することを伝えるあとがきなのに！　というわけで、もうご存知の方もいるとは思いますが、このシリーズがアニメ化とＰＣゲーム化されます！

　やったね！

　これもひとえにこのシリーズを応援してくださった読者の皆さんのおかげです。本当にありがとうございます。

　さて8巻の話も少しだけ。

　今回から新章突入。新しい『勇者』ヴァンとその仲間達が登場します。

　この世界の在り方と加護を強烈に肯定する、ルーティとは正反対の『勇者』。その仲間は強欲な枢機卿《すうききょう》、盲愛する妖精《ようせい》、苦労人の仮面騎士……。

　レッド達とどう対峙《たいじ》することになるのか、『勇者』がテーマの9巻をお待ちください！

　　２０２１年　暖房の熱気で温まりながら　ざっぽん

やすもです！
今回もイラスト担当させていただきました！
今後もよろしくお願いします！

真《しん》の仲間《なかま》じゃないと勇者《ゆうしや》のパーティーを追《お》い出《だ》されたので、辺境《へんきよう》でスローライフすることにしました8

著　ざっぽん

角川スニーカー文庫　22615

2021年4月1日　初版発行

発行者　青柳昌行

発　行　株式会社KADOKAWA
〒102-8177 東京都千代田区富士見2-13-3
電話　0570-002-301（ナビダイヤル）

印刷所　株式会社暁印刷
製本所　株式会社ビルディング・ブックセンター

Printed in Japan　ISBN 978-4-04-109661-1　C0193

★ご意見、ご感想をお送りください★
〒102-8177 東京都千代田区富士見 2-13-3
株式会社KADOKAWA　角川スニーカー文庫編集部気付
「ざっぽん」先生
「やすも」先生